우리,
행복합시다

우리, 행복합시다

1판 1쇄 발행 2021. 12. 27.
1판 3쇄 발행 2022. 6. 10.

지은이 김형석

발행인 고세규
편집 이예림 디자인 정윤수
발행처 김영사

등록 1979년 5월 17일 (제406-2003-036호)
주소 경기도 파주시 문발로 197(문발동) 우편번호 10881
전화 마케팅부 031)955-3100, 편집부 031)955-3200 팩스 031)955-3111

값은 뒤표지에 있습니다.
ISBN 978-89-349-7990-6 03810

홈페이지 www.gimmyoung.com   블로그 blog.naver.com/gybook
인스타그램 instagram.com/gimmyoung   이메일 bestbook@gimmyoung.com

좋은 독자가 좋은 책을 만듭니다.
김영사는 독자 여러분의 의견에 항상 귀 기울이고 있습니다.

우리, 행복합시다

김형석 지음

102세, 긴 삶의 여정 뒤에
기록한 단상들

김영사

머리말

나와 동갑내기 친구였던 김태길 교수는 후배와 제자들에게 "김형석 교수는 늦게 철드는 편이어서 우리보다 오래 살 것 같다"라고 말하곤 했다. 이 말은 칭찬인지 농담인지 모를 알쏭달쏭한 예언이 되었다. 내 중고등학교 때 친구들도, "저 친구는 모자라는 데가 많아 언제 철들지 모른다"라는 이야기들을 했다. 저렇게 철없이 어떻게 세상을 살아가나 싶었던 모양이다.

김태길 교수는 90을 앞두고 해야 할 일들을 마무리하고 싶다더니, 주어진 일을 잘 마치고 아낌과 존경받는 생애를 끝냈다.

주변의 여러 친지들까지 다 보내고 나 혼자 남았다. 넓은 사막에 홀로 서 있는 나무 같은 나를 발견했다. 그래도 살아가야 한다. 지금까지는 철학자인 척, '인간은 무엇을 위해 어떻게 살아야 하는가?'라고 큰 소리를 쳐보았다. 부끄러움을 남겼을 뿐이다. 90을 넘기면서부터는 '나를 사랑해준 분들을 위해 작은 도움이라도 주었으면 좋겠다'는 생각을 갖게 되었다. 오늘의 나는 그분들의 사랑으로 채워졌음을 깨닫게 된 것이다. 어느 정도 철이 들었던 것 같다. 그분들의 청과 부탁이 있으면 보답해드리고 싶었다. 그 보답으로 여러 강연도 하고 집필활동도 계속해왔다.

100세가 되면서 주말마다 〈조선일보〉에 '김형석의 100세 일기'를 연재하게 되었다. 그 전반부가 2020년 4월, 김영사에서 《백세 일기》로 출간되었다. 중국어로 번역되어 중국 독자들도 생겼다. 이번에는 '김형석의 100세 일기' 후반부 글과 발표되지 않았던 글들을 추가해 또 한 권의 책자가 되었다. 내 부끄러운 소원이 있다면 "여러분의 사랑으로 저는 행복했습니다. 여러분도 모두 행복했으면 좋겠습니다"라는 기원이다.

나는 집필로 끝냈으나 책이 완성되기까지 기다려주시고 수고해주신 여러 분께 감사의 마음을 나누고 싶다.

2021년을 보내면서

김형석

2부 행복하게 살았으면 좋겠습니다

3부 진실과 사랑이 남는다

4부 산다는 것의 의미를 찾아서

우리, 행복합시다

1부

또 하나의
새로운 시작

100세 넘은 손님은 무료입니다

지방에서 올라온 제자와 서울 평창동의 식당에서 점심을 먹고 있었다. 40대쯤으로 보이는 한 가장이 아내와 두 아들을 데리고 나가다가 정중히 인사를 했다. 누군지 기억이 나지 않았다. 그는 "아버지가 가족들에게 교수님과의 관계를 때때로 이야기해준다"면서 감사의 뜻을 전했다. 내가 그분 부모님의 결혼식 주례를 섰다는 것이다. 나도 일어서서 인사를 나누었다.

　함께 식사를 끝내고 아래층 계산대로 간 제자가 "선생님, 이럴 땐 어떻게 인사를 하면 좋지요?" 하고 물었다. 나에게 인사했던 사람이 우리 식대까지 지불하고

15

간 것이다. 나도 약간 난처해졌다. 그래서 "잘되었네요. 또 서울에 오는 기회가 생기면 오늘 받지 못한 대접을 기다릴게요"라고 했다. 제자는 "제가 선생님을 통해 받은 고마움이니까 두 배로 갚겠습니다"라며 웃었다. 차에서 내릴 때는 "이런 것이 다 100세까지 산 축복이야. 미안해할 것 없어"라면서 헤어졌다. 처음 겪는 일이 아니기 때문이다.

더 근사한 일도 있다. 코로나19로 외식이 어려운 때였다. 우리 집 근처에 있는 서대문구 홍은동 S 호텔은 산으로 둘러싸여 있어서 경치도 좋고 내부 공간이 무척 넓은 편이다. 사회적 거리 두기가 쉽고 공기가 깨끗해 야외와 별로 차이가 없는 곳이다.

후배 몇 사람과 상의하다가 내가 추천해 그곳에서 점심을 같이하기로 했다. 식사가 끝날 때쯤 되었다. 식대 책임을 진 후배가 카운터에 갔다 오더니 "교수님, 식대는 호텔에서 대접한다면서 한 사람분은 감해주었습니다"라고 했다. 나는 그렇게 되는 줄 알고 있었기 때문에 시치미를 떼고 "이 호텔에서는 100세가 넘은 손님에게는 무료로 서비스하게 되어 있을 겁니다"라고 했다.

후배들이 한마디씩 했다. "그런 특혜가 다 있어요?" 라는 후배, "내가 그 혜택을 받으려면 17년을 더 살아야 하겠는데요"라면서 웃는 친구도 있었다. 그런데 카운터에 다녀온 후배는 말없이 내 얼굴만 쳐다보고 있었다. 내 말이 믿기지 않았던 모양이다.

할 수 없이 내가 입을 열어 진실을 말해주었다. 한 달쯤 전부터 혼자 식사를 하고 나면 "우리가 식사 대접을 해드리는 것이니까, 그대로 가셔도 됩니다"라는 인사를 받았다. 동행이 있을 경우 내 식대는 감해주곤 했다. 팀장에게 어떻게 된 것이냐고 물었더니 "호텔 회장님께서 교수님을 보시고 '저 어른이 오시면 무료로 봉사해드려라'라고 지시하셨습니다"라는 것이다.

내 이야기를 들은 후배들은 아직도 세상에 살맛이 남아 있다면서 흐뭇해했다. 자기네 일처럼 고맙게 여기는 표정이었다. 나도 마음이 따뜻하고 고마운 사람들이 더 많다고 말했다. "여러분도 100세가 넘도록 살아보세요. 더 오래 살고 싶은 생각이 들 겁니다"라고 해 모두 웃었다. 식사보다도 마음을 나누는 그 분위기가 더 아름다웠다.

옷 잘 입는 신사

나는 내가 옷을 잘 입는 신사라고 생각해본 적은 없다. 그저 혼자 있을 때는 편하게, 공적인 곳에서는 평범하게 입고 싶었다. 지금도 어머니가 내게 들려준 우스운 이야기를 기억한다.

몹시 더운 여름날이었다. 한 사람이 날씨가 얼마나 더운지 시험해보자는 생각으로 솜바지 저고리를 입고 거리를 한 바퀴 돌았다. 자기는 그런대로 괜찮았는데 오히려 보는 사람들이 더워 죽더라는 말씀이었다. 어머니는 더운 여름에 넥타이까지 매고 나서는 아들의 모습이 보기 안쓰러웠던 모양이다.

그렇게 살아온 내가 100세가 되면서 옷을 잘 입는 신사라는 말을 듣는 때가 있다. 코로나19 때문에 강연회가 취소되거나 연기되다가 6월 중순, 지방의 한 교회에 갔다. 주최 측에서 준비해준 의자에 앉아 80분 정도 강연했다. 보통 강연이 끝나면 강연에 관한 이야기가 대부분이었으나, 두세 사람이 "누가 옷차림을 도와주느냐"라고 묻기도 하고, "우리 목사님보다 더 젊어 보인다"라면서 웃기도 했다. 한 할머니는 "사모님이 예술가일지도 모르겠다"라며 칭찬했다. 나는 속으로 '그래도 옷보다는 강연 내용이 더 좋았을 텐데' 생각하며, 웃어넘겼다.

그 무렵이었다. 동아일보 사장을 비롯한 몇 분과 점심을 같이하게 되었다. 동석했던 부장이 내 옷차림과 넥타이를 누가 챙겨주느냐고 물었다. 100세 할아버지치고는 약간 뜻밖이라는 표정이었다. 나는 "혼자 골라 입는다"라고 답했다. 돌아오면서 나도 어느 정도 의상에 미적 감각이 있는가 싶어 기분이 좋았다. 오늘은 어떤 애독자가 유튜브에서 내 강연을 들었다면서 "옷차림도 멋있었다"라고 칭찬했다. '이럴 줄 알았으면 20년 전부터 멋지게 입고 다녔으면 좋았을걸' 하면서 혼자 웃었다.

사실은 옷차림에 대한 관심을 갖게 된 계기가 있었다. 대학 동창이면서 연세대학교 교수였던 정경석이 아내와 함께 나에게 충고해준 일이 있었다. 아내가 병중에 있을 때라 많이 힘들었던 시절이다. 주어진 책임은 감당해야 하고 개인 생활은 이전 상태를 유지하기 어려웠다. 그 친구는 나에게 몇 가지 위로와 부탁을 했다. "야, 너 벌써부터 홀아비 냄새가 난다. 힘들어도 옷이라도 반듯이 입으면 보는 사람들과 학생들에게 도움이 되지 않겠어?"라는 충고였다. 그 이야기 속에는 '앞으로는 아내의 도움은 못 받고 모든 걸 혼자 해야 할 텐데' 하는 우정 어린 사랑이 깔려 있었다. 그 충고를 계기로 공식석상에 나설 때마다 거울을 보는 습관이 생겼다.

그 친구는 학생들이 옆에 있어도 "어이! 형석아!" 하고 큰 소리로 찾아 옆 사람들을 어리둥절하게 만들곤 했다. 한 번도 나를 '김 교수'라고 부른 적이 없었다. 이제는 나를 "형석아!"라고 부르는 사람은 없어지고 말왔다.

오래 살면서 얻은 교훈이다. 30부터 50까지는 옳고
그른 것을 따지면서 살았다. 50부터 80까지는 선과 악
의 가치를 가리면서 지냈다. 최근에는 추한 것을 멀리
하고 아름다운 여생을 살고 싶다는 생각에 잠기곤 한
다. 옷차림이 그중 작은 한 가지이다.

011 폴더폰, 너도 나만큼 늙었구나

몇 해 동안 구형 휴대폰인 폴더폰을 사용해왔다. 요사
이 통신사에서 문자 메시지가 자주 온다. '011'로 시작
하는 전화번호가 소멸되고 '010'으로 바뀌며, 중간 번
호가 세 자릿수가 아닌 네 자릿수가 되니까 7월이 가기
전에 휴대폰을 바꾸라는 것이다. 주변 사람들에게 물
어보니 스마트폰으로 교체해야 한다고 했다. 나 같은
늙은이는 복잡한 스마트폰을 쓸 자신도 없고, 지금 쓰
고 있는 휴대폰을 못 쓰게 되면 큰일인데 말이다.

나는 스무 살이 넘을 때까지 전등이 없는 시골에서
자랐다. 6·25전쟁 이후에는 전화기를 갖는 것조차 하

늘의 별 따기였다. 그래도 나는 다른 친구들보다는 일찍 전화기가 생겼다. 50 대 1이나 되는 제비뽑기에 당첨된 덕분이었다. 지금은 미국에 살고 있는 권영배 목사가 가족과 함께 기도를 드리고 광화문까지 갔다가 당첨됐다는 소식을 전해줄 정도였다.

그로부터 약 2년 후였다. 아침 이른 시간에 갑자기 김태길 교수가 전화를 걸어왔다. 어젯밤에 전화가 설치되었는데 시운전할 곳이 없어서 나한테 걸었다는 것이다. 앞으로는 자주 통화하게 되었다면서, 옆에서 부인이 자기 차례를 기다리고 있으니 이만 끊겠다는 이야기였다. 표정을 볼 수는 없었지만 무척이나 행복한 음성이었다.

국제전화는 말할 필요도 없다. 춘원 이광수의 부인이 미국에 있는 따님에게 편지로 '20일쯤 후 어느 날 몇 시에 전화를 걸 테니까 준비하라'는 연락을 했다. 약속한 시간에 전화를 받은 따님이 말을 못 하고 울먹였다. 그러자 모친이 "너, 울 시간이 어디 있냐? 전화 요금이 얼만데…"라고 타일렀다는 이야기도 들었다.

그다음에는 공중전화 전성시대가 왔다. 서울역이나

김포공항에 공중전화가 여러 대 설치되었고 전화기 앞에는 20명 정도가 줄을 서곤 했다. 그러다가 휴대폰 시대가 찾아온 것이다. 그 혜택을 내 세대 사람들도 잘 누려왔다. 그 정도에서 멈추었으면 좋겠는데 스마트폰이라는 게 보급되고 말았다. 나 같은 사람은 그 변화를 감당할 수 없어 전화만 걸고 받는 구형 폴더폰으로 만족하고 있다. 스마트폰까지 따라갈 재간은 물론 용기까지 포기하고 있었던 것이다.

이번엔 혼자서는 해결할 자신이 없었다. 도움을 받아한 휴대폰 센터로 갔다. 내 고충을 들은 직원이 고맙게도 지금 쓰고 있는 것과 비슷한 크기의 작은 휴대폰을 보여주면서 사용법까지 설명해주었다. 어린 학생들과 나 같은 노인네들을 위해 갖추어둔 휴대폰이었다. 집에 돌아와 새 휴대폰에게 "네 친구는 나만큼이나 늙었으니까 쉽게 하고 오늘부턴 네가 나를 도와주어야 한다"라고 속삭였다.

90대에 접어들게 되면 두 가지를 버려야 나 자신을 지켜갈 수 있다. 필요 없는 소유욕과 따라갈 수 없는 문명의 이기다. 하지만 학문과 예술은 소유가 아니기 때문에 더 오래 즐길 수 있다. 아름다운 인간관계, 즉 성실과 사랑은 눈감을 때까지 연장하고 싶어진다.

넘어지는 게 두려워졌다

얼마 전, 〈조선일보〉의 '아무튼, 주말'을 제작하는 부서에 연락을 취했다. 너무 오래 집필해왔기 때문에 금년 말까지로 마감했으면 좋을 것 같다는 의견을 전했다. '아무튼, 주말' 측 생각은 내 예상과는 달랐다. 100세 시대를 위해 도움 되는 글이 필요하다고 했다.

100세 시대 하면 가장 먼저 '건강'이 떠오른다. 의사들도 말하지만 90이 넘으면 삶의 최우선 조건은 건강이다. 본인과 가족, 주변 사람들에게 요청되는 시급한 과제는 넘어지지 말 것, 그리고 겨울철 감기를 조심할 것, 이 두 가지다. 90 이후에 낙상한다는 것은 치명적 결과를 초래한다. 감기는 폐렴으로 발전할 수도 있다.

내가 잘 아는 이들의 사례다. 대학 학장이었던 한 사람은 차에서 내리면서 바닥이 빙판인 것을 몰라 미끄러졌다. 불행하게도 대퇴부가 골절되어 그 일로 고생하다가 결국 회복하지 못했다. S 대학의 전 총장은 서재에서 사용하는 회전의자 위치를 못 보고 앉으려다가 그만 방바닥에 주저앉고 말았다. 그 충격으로 척추를 다쳐 병석에 누워야 했고 결국 일찍 세상을 떠났다. 유명한 여성 작가 P는 화장실에 있다가 계속 울리는 전화벨 소리를 듣고 서둘러 나서다가 넘어져 팔이 부러졌다.

내 경우도 비슷했다. 10년 동안 다섯 차례 넘어졌다. 균형 감각이 떨어지고, 다리에 힘이 빠지기도 했기 때문이다. 한 번은 왜 넘어졌는지도 모르겠다. 두 차례는 크게 넘어졌다. 두 차례 모두 밤 늦게 낯선 곳에 갔다가 일어난 사고였다. 또 한 번은 친구들과 카페에서 차를 마시다가 화장실로 가면서 층계가 있는 줄 모르고 걷다가 걸려 넘어졌다.

최근에는 강연이 있어 강연장 대기실에서 휴식하고

있는데, 안내를 맡은 사람이 시간이 되었다며 찾아왔다. 밝지 않은 복도로 내려서는데 두 계단으로 되어 있는 것을 몰랐다. 동행하는 이와 이야기를 나누면서 걷다가 발을 헛디뎌 앞으로 나가떨어졌다. 안경까지 벗겨져 바닥에 굴렀다. 충격이 너무 컸다. '강연을 할 수 있을까' 걱정했다가, 70분 강연을 30분만이라도 했으면 좋겠다고 생각하면서 연단으로 갔다. 그래도 크게 다친 데가 없었기 때문에 강연은 잘 마무리했다. 돌아와 의사에게 전화로 물었더니 하루 이틀은 잘 모르지만 그다음 날부터는 후유증으로 통증이 느껴질 테니까, 5~6일간 안정을 취하라고 했다.

그때 안내하는 사람이 "여기는 계단입니다"라고만 했어도 좋았을 뻔했다. 세 차례 넘어진 것이 다 저녁과 밤 시간이었다. 90이 넘으면 밤 시간 외출이나 활동은 삼가야 한다. 계단을 오르내릴 때는 손잡이가 없으면 도움을 받아야 한다. 내가 건강해 보여도 100세 노인이라는 것을 잊지 말아달라.

대체로 90 이후에는 누구나 균형 감각이 떨어지는 체험을 한다. 천천히 발밑을 살피면서 걷는 습관이 필요하다. 동행하는 사람은 자기 발걸음에 맞추지 말고 노인네와 함께 발걸음을 맞춰가는 것이 예절이다. 작은 조심이 큰 행복을 안겨준다.

나도 망신깨나 당했다

'망신亡身을 당했다'라는 말이 있다. 가장 가까운 뜻은 체면體面이 깎였다든지, 서지 못했다는 뜻일 것 같다.

40대 초반에 1년 동안 미국에 체류하다가 귀국했을 때였다. 하루는 아내가 아이들이 다 모인 자리에서 "오늘은 내가 중대한 사건의 결정을 내려야겠다"라고 선언했다. 사건의 내용은 이렇다. 내가 외국에 있는 동안에 박정희 정권이 화폐 개혁을 단행했다. 이제껏 쓰던 돈은 무효화하고 새 화폐로 바꾸어준다는 것이다. 아내는 혹시 내가 숨겨놓거나 잊어버리고 있는 돈이 있을까 싶어 서재의 책들을 뒤져보았다고 했다. 그러다

한 책에서 거금이 나왔는데, 발견하지 못했으면 그 돈이 무용지물이 될 뻔했다는 것이다. 아내는 "그러니까 이제부터는 가정의 경제권 일체를 내가 관할하려 하는데, 동의하느냐"라는 제안을 했다. 고의가 아닌 것은 확실하지만 변명의 여지가 없었다. 그다음부터는 아내가 주는 용돈을 받으며 살아야 했다. 가장의 권리를 빼앗긴 것이다.

또 한 가지, 아내가 큰아들에게 "다른 사람들은 아버지가 하는 성경 강좌에 나가는데 너도 참석해보라"라고 권했던 모양이다. 몇 차례 출석했던 아들에게 내가 "도움이 되었느냐"라고 물었다. 아들의 대답은 뜻밖이었다. "아버지가 그렇게 좋은 말씀을 하시고 그대로 살지 못하면 어떻게 하실래요?"라는 것이다. 그다음부터는 아들도 나오지 않고 나도 권하지 못했다. 김수환 추기경이 "내 직업 말입니까? 거짓말을 많이 하는 일이지요"라고 했던 심정을 이해할 수 있을 것 같았다.

또 하나, 유달영 선생이 30년 동안 다닌 이발소 아저씨에게 "30년 사이에 검은 머리를 백발로 만들어놓았는데 미안하지 않으냐?"라고 농담을 해 모두 웃었다

31

는 이야기를 들었다. 나도 한번 흉내를 내보겠다고 작심했다. 20여 년 동안 남산체육관 이발소에 다녔을 때였다. 몇 손님이 앉아 차례를 기다리고 있었다. 내가 "20여 년이나 아저씨를 믿고 다녔는데 그동안에 검은 머리는 다 어디로 가고 얼굴에는 주름살만 생겼어요. 모두 아저씨 책임 아니에요? 이제 와서 옛날로 돌이켜 달라고 할 수도 없고…"라고 유 선생 흉내를 내보았다.

모두들 웃었다. 그런데 이발소 아저씨 대답이 더 걸작이었다. "선생님, 그런 말씀은 하지 마세요. 그동안에 제가 얼마나 늙었는지 보이지 않으세요? 선생님보다 10년은 더 늙어 보일 겁니다. 저는 선생님 뵐 때마다 '나만 억울하다'는 생각을 합니다."

기다리던 사람들이 더 큰 소리로 웃었다. 나는 할 말이 없어졌다. 확실히 20년 동안에 아저씨가 나보다 더 늙어 있었다.

옆에 있던 사람이 "그건 사실이다. 잘못이 있다면 아저씨보다는 김 선생에게 있다"라고 해 또 모두 웃었다. 흉내도 기술이 있어야 한다. 혹 떼러 갔다가 더 붙이고 왔다는 속담이 생각났다.

한 살이라고요?

지방 강연을 위해 김포공항에 간 때였다. 탑승권을 받는데 일행 중 내 표만 오류가 생겼다.

공항 직원은 컴퓨터 키보드를 두들겨보다가 내 얼굴을 쳐다보면서 이상하다는 표정을 지었다. 주민등록증 사진과 대조해보기도 하고 고개를 갸웃거리더니 "연세가 어떻게 되세요?"라고 물었다. 백한 살이라고 답했다. 그러자 그는 "컴퓨터에는 한 살로 되어 있네요"라며 비시시 웃는다. 그 컴퓨터에는 세 자리 숫자인 100이 입력되지 않는 모양이다.

세브란스병원의 한 원목의 장모가 106세가 되었을

때에는 주민 센터에서 '초등학교에 입학시키라'는 통지서를 받았다는 이야기가 생각났다. 어쨌든 내 이름이 찍힌 탑승권을 받았다. 공항 라운지에서 그 탑승권을 살펴보았다. 나는 지금까지 930회 비행기를 탔다. 82만 6,000마일 이상 비행했다고 기록되어 있었다. 공항 직원이 이상하게 여길 만도 했다. 한 살짜리 어린애가 930회 탑승한 것으로 되어 있었으니 말이다.

다른 항공사 비행기도 많이 탔을 것이다. 나는 생각한 것보다 더 많은 여행을 했다. 세계 일주 여행을 두 차례 했고, 미국과 캐나다 여행이 20번쯤 된다. 유럽에도 몇 번 다녀왔다. 러시아를 제외하고는 가보고 싶은 곳은 거의 다녀본 셈이다.

많은 여행으로 얻은 결론이 있다. 조국에 대한 애정이 하나, 서울이 사랑받기에 충분한 곳이라는 생각이 다른 하나다. 자연 풍토와 기후는 말할 것도 없고 일교차도 적절하다. 어디를 가나 살고 싶어지는 수려한 산수는 한국과 비교할 곳이 없었다. 노르웨이의 경우 원시 자연이 아름답고 사람들의 심성이 착한 것은 비교할 데가 없었으나 백야에는 밤이 없는 20여 시간이 낮이라 상상 이상으로 피곤했다. 1년 내내 여름인 곳이나, 더위를 모르는 도회지들은 변화가 없는 지루함을 안겨준다. 영하 30도에 달하는 추위를 참아야 하는 지역도 있다.

세계 대부분의 도시들은 넓은 평야에 강줄기를 따라 형성되었다. 서울처럼 산과 들, 강물이 함께 조화를 갖춘 아름다운 도시는 드물다. 남해안 다도해는 세계에서 가장 아름다운 휴양지로 개발할 수도 있다. 세계를 다녀보기 전엔 한국과 서울의 가치를 모르고 살았다. 문제는 누가 어떻게 사느냐에 달려 있다.

8

내 누울 자리를 정하고 나서

2020년 11월 14일, 1년 만에 강원도 양구에 갔다. 코로나19로 모든 행사는 취소되었다. 확진자가 없는 양구에 서울 사람이 간다는 것도 바람직하지 않았다. 하지만 지난 3월에 안병욱 선생의 묘소를 옮긴 뒤 나와 함께할 새로운 묘역이 어떻게 되었는지 궁금했다.

안 선생의 묘는 공원 서북쪽 산 밑으로 옮겨졌다. 내외분의 안식처에 검은색 묘비가 잔디 위에 나지막하게 자리 잡고 있었다. 그 왼쪽에 같은 색깔과 크기의 묘비가 장만되어 있었다. 내가 갈 곳을 미리 준비해둔 것이다. 두 묘비 사이 앞쪽에는 '여기 나라와 겨레를 위해 정성을 바쳐온 두 친구 잠들다'라는 작은 돌비가 누워 있다. 내 자리는 잔디가 깔린 채로 비어 있을 줄 알았는데 비문 없는 가묘가 만들어졌다. 여기가 내 안식처가 되었다는 것에 감회가 피어올랐다.

1947년, 30년 가까이 살아온 고향을 떠날 때부터 나는 실향민이다. 만경대 서남쪽으로 접경인 송산리 예배당에서 어려서는 벗들과 뛰어놀았고 커서는 어린이들을 가르쳤는데, 지금은 찾을 방법이 없다. 놀이터 공원으로 바뀌면서 고향 사람들과는 상관이 없는 이방인들의 생활 터가 되었다. 나는 다시 고향에 다녀오지 못했다. 꿈에서만 몇 차례 찾아보았을 뿐이다.

70년 넘게 서울 신촌 지역에 4대가 살면서 나보다는 가족들의 고향을 장만해준 셈이다. 모친이 고령으로 세상을 떠났을 때는 경기도 파주의 야산 약간 높은 자리에 무덤을 정했다. 장례를 치르고 며칠 후였다. 어머니께서 꿈에 나타나 "내가 있는 곳이 참 좋다"라고 말씀하셨다. 멀리 개성 송악산이 보이고, 아버지가 잠들어 계시는 북녘이 그리우셨던 것이다.

7년 후에는 아내도 먼저 갔다. 모친 산소에서 내 자

리를 건너 안식처를 정했다. 후에 가족 묘지를 정리하면서 동생과 아들이 내 무덤도 그 중간에 장만했다. 공사를 미리 끝내고 싶었던 모양이다. 무덤 셋이 생기고 내 자리는 빈 무덤으로 남겨두었다. 함께 갔던 딸들이 살아 있는 아버지의 무덤을 보면서 마음이 언짢았던 것 같다. 내가 "무덤을 미리 만들어두면 더 오래 산단다"라고 위로해주었다. 그런가, 하고 안심하는 표정들이었다.

파주에 어머니와 아내 사이에 내 빈 무덤이 있는데, 양구에 또 하나의 빈 무덤이 생긴 것이다. 언젠가는 어머니도 아내와 함께 마지막 고향인 양구로 오게 되어 있다.

8년쯤 전이다. 양구에 계신, 뜻을 같이한 분들의 호의였다. 90이 넘었으나 갈 곳이 없는 우리 둘에게 제2의 고향을 장만해주기로 했고 감사히 그 뜻을 받아들였다. 기념관 '철학의 집'을 신축해주었고 우리 안식처를 준비해준 것이다. 안 선생은 병중이어서 처음 길이 마지막 고향길이 되었다. 나는 지금도 양구가 가장 아름답고 행복한 고향이 되도록 많은 분과 힘을 모으고

있다. 한반도의 정중앙인 양구가 겨레의 정신적 기초
가 되는 인문학의 중심지가 되었으면 좋겠다. 고향으
로 가는 길이 내 인생이었다.

곧 지팡이 신세를 면치 못할 것 같다

90세 후반쯤 일이다. 큰아들이 "필요할 것 같아 준비했다"면서 지팡이를 가져왔다. 그 후에는 여행을 함께하던 사람과 강원도 양구에서도 정성 들여 만든 지팡이를 또 보내왔다. 집에 지팡이만 세 개나 생겼다.

당장 필요하지는 않았다. 언제부터인가 쓰게 되겠거니 생각했다. 뒷산에 오를 때나 집 부근을 산책할 때는 종종 짚어보곤 했다.

옛날에 친구들과 런던에 갔을 때는 50~60대 영국 신사들이 실크 모자를 쓴 채 지팡이를 팔에 걸치고 공원을 거니는 모습이 인상 깊었다. 내 동갑내기 친구 정 교수는 정년퇴직 이후부터 지팡이를 짚고 나서곤 했다. 지팡이 없이 걸어다니는 나보다 신사다운 모습 같아 나도 해볼까 하는 유혹을 받았다.

하루는 광화문 세종문화회관 앞을 지나가는데 한 신사가 정중히 인사를 했다. 지팡이라기보다는 스틱이라 부르면 더 좋을 것 같은 지팡이를 짚고 있었다. 알고 보니 내 제자 교수였다. 짐작해보니까 정년 은퇴할 나이는 되었을 것 같았다. 늙어서 마지못해 지팡이를 짚는 것은 그다지 아름답지도, 신사답지도 않으나 장년기에 영국 신사를 흉내내보는 것도 괜찮겠다는 생각이 들었다. 그런데 이미 나는 그 좋은 시기를 놓친 것이다. 후회스럽기도 하다.

지금 나이에 지팡이를 짚고 나서면 "김 교수도 늙었구나. 작년만 해도 보기 좋았는데"라면서 측은히 여길지 모른다. 그렇다고 해서 지팡이 없이 다니면 "어떻게 하려고 지팡이도 없이 다니나. 넘어지기라도 하면 큰일인데"라고 걱정해주는 사람이 더 많을 것 같다. 내가 보아도 지팡이에 의지하고 걷는 노인들 모습은 신사다움도, 멋지다는 인상도 주지 못한다. 사실 내 나이에 지팡이를 짚게 되면, 몇 해 뒤엔 휠체어를 타게 되고 그 후에는 외출 자체가 불가능해진다. 동갑내기 안병욱 교수나 백선엽 장군도 마찬가지였다. 나는 아직까지는 지팡이 신세를 지지 않고 있어 얼마나 다행인지 모른다.

오래전에 친구인 이일선 목사 부부가 우리 집을 방문한 적이 있었다. 한국의 슈바이처로 불리는 의사이기도 하다. 대문 안으로 들어서면서 "사람은 둘인데 다리가 여섯이어서 죄송합니다" 하고 웃으면서 인사를 했다. 둘 다 지팡이를 짚고 와서 미안스러웠던 모양이다. 그 유머러스한 태도가 부러웠다. 나도 때가 되면 지팡이를 짚고 걸으면서 "늙으니까 두 다리로는 모자라 셋이 되었습니다"라고 농담할 용기가 있어야겠다고 다짐해본다.

그런데 연말에 지팡이가 또 하나 들어왔다. 100세가 되었다고 청와대에서 보내준 청려장青藜杖이었다. 옛날 왕실에서는 80세에 하사했는데 지금은 100세로 승격한 셈이다.

지팡이가 넷이 되니 이것들을 언제부터 짚어야 하나 싶다. 때가 가까워진 것 같다. 새해가 지나고 102세가 되는 4월부터는 지팡이 신세를 면치 못할 것 같다. 지팡이를 짚는 것이 마지막이기보다 또 하나의 새로운 시작이라면 얼마나 좋을까.

어른들의 장난기

내가 어렸을 때는 어른들이나 선생님들이 하는 일은 모두 점잖고 모범적일 것이라고 생각했다. 그런데 어른이 되고 보니까 유머라는 베일을 쓰고 벌어지는 일들이 더 재미있고 즐겁게 느껴지는 경우가 많다. 대체로 그 주인공들은 점잖고 높은 지위에 있는 지도층 인사들이다.

S 장관을 통해 들은 이야기다.

이승만 대통령이 영부인에게, 내가 한국말 인사를 가르쳐줄 테니까 내일 장관들이 오면 그대로 말해보라고 했다. "나는 배때기가 아파서 오래 여러분과 함께 같이 있기 어렵겠습니다"라는 말을 가르쳐주었다. 다음 날 여러 장관들이 대통령 내외와 한자리에 모였다. 이 박사가 "내 아내가 한국말로 여러분에게 인사할 말이 있답니다"라며 영부인에게 기회를 주었다. 영부인은 배운 대로 "배때기가 아파서…"라고 인사했다. 대통령은 아무 일도 아니라는 듯이 시치미를 떼고, 부인은 예의를 갖춘 인사를 한국말로 했다는 자부심을 갖고 앉아 있었다. 그 이야기를 들은 장관들은 할 말을 찾지 못했다. 그렇다고 웃을 수도 없는 상황이라 서로 얼굴을 보면서 억지로 웃음을 참았는데, 이 박사는 천연스레 회의를 진행했다는 것이다.

또한 성천 류달영 선생은 웃기는 이야기를 잘하기로 알려져 있다. 어느 날 내가 여의도 사무실을 찾아갔을 때, 동석하기로 약속한 시인 구상의 건강을 많이 걱정했다. 구상이 이야기를 하진 않지만 불치의 징후가 있어 보인다는 심정이었다. 잠시 후에 구 선생이 지팡이를 짚고 들어왔다. 여전히 평온한 자세였다. 내가 "오래 못 뵈었는데 여전히 건강해 보이십니다"라고 인사를 했다. 그가 "성천 선생은 제 건강 걱정을 많이 해주시는데…"라고 이야기를 시작하는데 성천이 말 중간에 끼어들었다. "구 선생은 병원을 더 좋은 곳으로 옮겨야 하는데, 천주교인이라서 성모병원에만 꼭 간다고요. 수원에는 내가 잘 아는 유명한 병원이 있는데, 소개해주어도 고집이 강해서…." 그래서 걱정이라는 말투였다. "수원에 그런 병원이 있어요? 아주대학교병원은 저도 가본 적이 있는데"라고 했더니, "그런 병원이 아니고요, 일제강점기 때부터 알려진 병원인데 요사이는 입원실까지 갖추고 있다고요. 병원 이름이 좀 특이해서 그렇지… 동물병원이라고, 다른 구 씨네들은 다 그 병원으로 가는데 구 선생만 안 가니까 내가 답답해서 걱정하는 겁니다"라고 했다. '구具'를 '개 구狗'자로 바꾸어 풍자했던 것이다. 셋이서 한참을 웃었다.

그리고 얼마 후에 구 선생은 세상을 떠났다.

얼마 전 101세로 작고한 현승종 선생이 한국교원단체연합회 회장으로 있을 때였다. 건국대학교 강당에서 전국대회가 개최되었다. 내가 강연자로 초청을 받아 갔을 때였다. 강당 옆 대기실에서 차례를 기다리고 있는데, 실무자가 5분쯤 후에 시작하면 되겠다는 안내를

해왔다.

옆자리에 앉아 있던 현 선생이 내 옆으로 다가와 "김 선생, 미안하지만 한 가지 양해를 구하고 싶은데 괜찮 겠어요?"라고 민망한 듯이 속삭여왔다. 나는 무슨 큰 일이라도 생겼는가 싶어, "그러세요. 무슨 일인데요?"라고 물었다. 현 선생 이야기는 뜻밖이었다. "김 선생 을 소개한 뒤에 나는 자리를 비우고 다시 이 방으로 돌 아올게요. 한일전 축구경기를 좀 보고 싶어서 그래. 강 연이 끝나면 휴식 시간이니까 그때는 내가 알아서 할 게요"라는 청이었다.

강연을 끝내고 나오면서 "어떻게 되었어요?"라고 물 었더니, "아직도 무승부예요…"라고 대답해왔다. 회원 들이 우리 모습을 보지 못해 다행이라고 생각했다.

이번에는 내 경우다. 규모가 큰 회사 직원들에게 강 연을 했을 때였다. 강연을 마친 후 간부들과 점심상에 둘러앉았다. 내가 100세 건강 상태에 대해 이야기하다 가, "다리의 건강을 위해 산책을 하는데 야산 언덕을 오르는 것이 그렇게 힘들어졌어요. 다리의 힘이 점점 줄어들어요. 지구의 중력이 그렇게 강한 줄 몰랐거든

요…"라고 했더니 모두가 웃었다. 한 사람이 "교수님의 유머가 그럴듯합니다"라며 또 웃었다. 억울한 생각이 들었다. 나는 진실을 말했는데 유머로 받아들이는 것이다. 그것도 과학 분야를 전공한 사람들이.

난 전국에 별장이 있다

지난 7월 말쯤이다. "선생님, 코로나 사태도 좀 진정된 것 같은데 강릉 별장에 한번 다녀오지 않으시겠어요? 요사이는 기차 편이 더 좋아졌기 때문에 제가 모실 수 있습니다" 하는 제자의 전화였다. 전에는 늘 '교수님'이라 부르곤 했는데 자기들이 교수가 되면서부터는 '선생님'으로 호칭이 승격됐다.

내가 강릉에 별장을 갖게 된 데는 좀 거북스러운 사연이 있다. 몇 해 전에 제자에게 "해수욕 계절이 되기 전후는 조용해서 좋으니까 내 별장에 같이 가면 어떠냐"라고 이야기한 적이 있다. 믿고 따라온 제자와 버스

정류장에서 내려 바닷가에 있는 한 호텔로 갔다. 바다 구경을 하면서 커피를 마시던 제자가 별장은 어디 있냐고 물었다. 나는 "이 호텔이 별장이지. 언제나 예약만 하면 올 수 있다"라고 했다. 제자는 '농담치고는 좀 지나치다'는 표정을 지었다. 그다음부터는 그 호텔이 우리의 별장이 된 셈이다.

이렇게 따지고 보면 내 별장은 여러 곳이다. 제주도에도 두세 곳이 있고 여수에도 있다. 춘천은 물론 양양에도 생겼다.

이런 별장 철학을 갖게 된 데는 이유가 있다. 삼성그룹 창업자인 이병철 회장이 용인에 시설을 만들면서 자신을 위한 별장을 지었다. 처음에는 주말마다 들르기도 하고 때로는 손님들을 초청하기도 했으나 세월이 지나고 많은 일을 처리하다 보니 서울 집과 사무실을 비울 수가 없게 됐다. 별장은 무용지물이 되다시피 했다.

일찍이 부유해지고 먼저 자본주의의 혜택을 많이 받은 미국 사람들이 하는 말이 있다. 요트와 별장은 생길 때도 좋지만 처분한 뒤에 더 행복해진다는 이야기다. 나도 한때는 별장이라도 가져보았으면 좋겠다고 생각했다. 애들도 데리고 함께 여유로운 시간도 가지면 좋겠다는 생각이었다. 그런데 이제는 세상이 바뀌었다.

자식들은 작년 말부터 내 100세 잔치를 계획했다. 미국에 사는 자식들은 "일본 교토나 호주를 거쳐 한국에 들어가면 좋겠다"라고 말했다. 하지만 코로나가 모든 계획을 헝클어버렸고 100세 잔치도 열지 못했다. 하지만 나와 내 가족들이 이용하는 '별장 같은 호텔'은 전 세계 어디에나 있는 셈이다. 우리는 무엇인가를 소유해야 내 것이라고 생각한다. 그러나 소유하지 않아도 이용하고 즐기는 사람이 주인이 되고 더 행복해지는 세상이다.

정년이 돼 연세대학교를 떠난 지 35년이다. 집이 학교 부근이기 때문에 세브란스병원의 혜택을 누구보다도 많이 받으면서 지낸다. 모친과 아내가 말년에 세브란스병원에서 치료를 받다가 세상을 떠났다. 요사이는 나이 때문일까, 나도 내과는 물론 안과나 치과를 자주 이용하며 의사와 간호사의 도움을 받는다. 만약 '세브란스병원은 수많은 환자와 함께 나를 위한 병원이다'라고 말하면 큰 잘못일까. 나는 그 훌륭한 시설의 혜택을 받아 누리면서 살고 있다.

　사람은 누구나 이기적인 소유욕만 버리면 사랑이 있
는 행복한 삶을 누릴 수 있다.

책 장사가 본업은 아니었는데

전쟁 때문에 학교 교육을 받아보지 못한 한 할머니가 집안일을 도와준 적이 있다. 자주 들르는 동네 가겟집 사람들이 선생님이 어떻게 지내시느냐고 물으면 "학교에는 안 나가시고 공부만 하시는데 요사이는 책 장사를 하시는 것 같다"라고 해서 한때는 책 장사 할아버지가 되기도 했다.

지난 1년 동안 코로나19 때문에 강연을 비롯한 대외 활동이 줄어드니까 다시 한번 본업이 되었나 싶기도 하다.

비교적 많은 책을 썼다. 자랑거리는 되지 못하나 후

회는 하지 않는다. 독자들이 생각지 못했던 감사의 뜻을 전할 때는 더욱 그렇다. S 장관은 4·19혁명 이후에 감옥에 머물게 되었는데, 그 기간 동안 내 책을 읽었다면서 고마워했다. 영락교회의 박 목사는 전두환 대통령 시절 괘씸죄에 걸려 구속되었을 때 내 책을 읽었다면서 감사해했다.

한번은 지방 강연을 갔다. 북한에서 간첩으로 파송되었다가 귀순한 우 모 씨의 정중한 인사를 받았다. 평양에서 간첩 교육을 받을 때 내 책 두세 권을 읽은 것이 자기 인생을 바꾸었다면서 감격스러워했다. 월남 전선에서 전우들과 내 이야기를 나눴다는 편지를 받았을 때는 눈시울이 뜨거워졌다. 한국 교회와 대한민국을 지켜달라면서 기도를 드렸다는 내용도 곁들어 있었다.

고등학생 때 내 책을 읽은 학생들이 직접 신학 전공을 택하지 않고 철학과를 거친 후에 신학자가 된 것을 감사히 여긴다고도 했다. 인문학적 소양이 그만큼 중요했던 것이다. 인간학적인 문제를 배제한 신학이나 기독교는 존재할 수 없기 때문이다. 같은 기독교이면서 지금도 가톨릭과 개신교의 거리는 짧지 않다. 나도 두 교단 사이에서 고민해왔다. 그러나 대학 동창인 김수환 추기경이나 제자인 정진석 추기경 사이에서는 신앙적 거리감을 느끼지 않는다. 신앙의 근본적인 문제를 해결하기 위해서는 공통점이 더 중요하기 때문이다. 내 책을 읽은 신부님들의 초청으로 나는 성당에서 강연하는 기회를 갖기도 한다.

홍은동에 있는 S 호텔에는 스님들이 종종 카페에 들르곤 한다. 원로 스님 한 분은 언제나 나와 정중한 인사를 나눈다. 역시 애독자 중의 한 사람이다.

6년 전쯤이었을까? 출판사 이와우의 젊은 사장이 찾아왔다. 절판된 《예수》를 다시 출판하고 싶다는 요청이었다. 이유는 자기가 출판업을 하겠다고 했더니 할아버지가 "이 책이 지금까지 내가 읽은 책 가운데 가장 감동적이었는데, 꼭 출판하라"면서 내놓은 책이어서 거절할 수 없었다는 사연이었다. 그 책은 《어떻게 믿을 것인가》와 함께 다시 독자들의 관심을 모으고 있다.

내가 정성 들여 쓴 철학책들은 별로 인기가 없다. 《윤리학》은 몇 대학에서 교재로 사용되었으나 《역사철학》과 《종교의 철학적 이해》는 관심의 대상이 되지 못하고 있다. 관심도의 순서는 수필, 종교, 그리고 철학이 된 것 같다.

지금은 나도 조금은 철이 든 셈이다. 책 장사는 수입이나 명예가 목적이어서는 안 된다. 독자들과 '삶의 의미'를 위해 대화를 나누며 공감과 작은 선물이라도 남겨줄 수 있으면 감사와 보람을 갖는다.

8

세월은 흘렀어도 우정은 남았다

어젯밤에는 꿈에서 김태길 교수를 보았다. 여러 사람과 같이 있으면서 이야기를 하다가 나에게도 손을 흔들어 보이고는 사라졌다. 깨고 나니까 옛날 생각이 떠오른다.

김 교수는 나보다 7개월 아래인데 언제나 내 선배 대접을 받곤 했다. 연장자로 보였던 모양이다. 한번은 경북대학교 강연회 연사로 같이 가게 되었다. 먼저 강연을 끝낸 김 교수에게 10분만 앉아 있다가 떠나라고 했다. 그리고 학생들에게 "경상도 학생들이 예의 바르다는 사실은 알고 있었으나 오늘 다시 감탄했다. 이런 강연회에서는 동생이 먼저 하고 형님이 후에 하는 것을 어떻게 알았는지 감사하다"라고 했다. 학생들은 웃음을 터트렸고 김 교수는 두고보자는 표정이었다. 저녁을 같이하면서, "한 번만 나보고 형님이라고 하면 다시는 사람들 앞에서는 이야기를 안 할게…"라고 해 동석했던 사람들도 웃었다.

김 교수가 미국에서 돌아와 얼마 안 되었을 때였다. 그를 연세대학교로 모셔오고 싶어 찾아갔다. 몇 가지 실정을 이야기하면서 연세대학교는 기독교 대학이기 때문에 가급적 크리스천을 교수로 모시기를 원하니 양해해달라고 했다. 그것이 계기가 되어 몇 주간 김 교수가 나와 함께 교회 예배에 참석한 일도 있었다. 김 교수도 기독교와 먼 거리에 있지는 않았기 때문이다. 나는 김 교수도 나와 같은 신앙인이 되었으면 감사하겠다는 것이 내심이었다.

김 교수는 법학에서 윤리학으로 전공을 바꾼 분이기 때문에 철학자로서 휴머니즘의 본분과 종교적 신앙 문제로 고민하는 경우가 여러 차례 있었다.

은사인 박종홍 교수는 철학자는 신앙을 가질 수 없

고 가져서도 안 된다고 주장하다가 암으로 작고하기 얼마 전에 신앙에 귀의하여 세례를 받고 세상을 떠났다. 그 장례 예배에서 김 교수가 제자들을 대표하는 책임을 맡기도 했다.

김 교수는 불행하게도 사랑하는 따님을 잃었다. 그 사실이 장안에 충격적인 사건으로 보도되기도 했다. 가장과 아버지로서 견딜 수 없는 비참에 빠졌다. 너무 슬픈 일이었다. 나도 그 사실을 알고 있었으나 위로할 방법을 찾을 수 없었다. 안정기에 접어들었을까 싶었을 때, 전화를 걸었다. "많이 힘드시지요?"라는 내 목소리도 슬픔에 젖어 있었다. 김 교수는 "철학이나 윤리학은 이런 때 아무 의미도 없어졌습니다. 김 선생 같으면 신앙으로 이겨낼 수 있었을까, 하는 생각도 했습니다"라고 했다. 김 교수도 말년에는 신앙을 받아들이고 우리 곁을 떠났다.

재작년 늦은 여름에 김 교수의 묘소를 찾아갔다. 조용한 산자락 노송들이 내려다보이는 가정 묘지였다. 묘비 앞에 앉아서 사라져가는 옛날 일들을 회상해보았다. 이것이 처음이면서 마지막 방문일 것이기에 떠나고 싶지 않았으나, 곧 석양 무렵이 되어 일어섰다.
'50년의 우정이었는데, 5년만 더 함께 일하다 가시
지….' 나도 모르게 눈물이 흘러내렸다.

코로나와 사랑 있는 배려

지난 주에 강원도 양구 인문학박물관에서 연락이 왔다. 3월 중순부터 미뤄온 인문학 강좌를 7월 중순에 개강하면 어떻겠는지 의견을 물어온 것이다. 양구에는 코로나19 환자가 한 사람도 없기 때문에 개강을 고대하는 수강생이 많다고 했다. 나는 결정에 따르겠지만 충분히 협의해보라는 뜻을 전했다.

6월 중 한 지방 교회와 두 대학교에서 강의를 성공리에 치렀기 때문에 안전지대인 양구는 나에게 문제가 되지 않는다. 마스크를 끼고 대기하다가 시간이 되면 마스크를 벗고 강의를 끝낸 후 다시 마스크를 착용하고 대기실에 있다가 돌아오면 된다. 수강하는 이들은 적당한 간격을 두고 자리에 앉는다. 자기를 보호하기도 하고 주변 사람들을 위해 조심해야 하기 때문이다.

그런데 문제가 되는 것은 공동체 의식과 예절을 안 지키는 일부 사람이다. 한번은 20여 년 동안 다니던 이름 있는 식당을 찾았다. 사회적 거리 두기를 충분히 할 수 있는 넓은 식당이지만 직원을 줄이면서 일부 공간만 사용하기 때문에 좌석이 가까이 붙어 있었다. 옆 자리를 차지한 50대 아주머니 네 명이서 식사를 하는 동안 쉬지 않고 큰 소리로 떠들었다. 집에 돌아와 일주일간 찜찜했다. 코로나19가 걱정되었기 때문이다.

며칠 전에는 점잖은 지도층 인사들이 모이는 회의에 참석했다. 혼자 앉아 차를 마시고 있는데 70대 초반의 회원이 옆에 와 인사를 하며 자기소개를 했다. 연장자에게 마스크를 끼고 말하는 것이 미안했던 것인지 그 회원은 마스크를 벗고는 선 채로 10분 정도 이야기를 나누다 떠나갔다. 커피를 마시다 말고 마스크를 다시 쓸 수도 없고 얼마나 불안하고 민망했는지 모른다. 무의식 중에 저지를 수 있는 실수였다. 누구를 대하든 마음의 준비와 배려가 필요한 것이다.

이런 경험들을 했기 때문일까. 양구에서의 인문학 강좌는 초가을까지 개강을 보류하기로 했다는 소식을 전해왔다. 서울에서 참석하던 수강생들이 양구 분들을 위해 참석을 삼가는 것으로 합의를 보았다. 강의는 시간을 얻어 보충할 수 있으나 코로나 위기는 서로가 위해주는 마음으로 협력해야 하기 때문이다. 나도 내 손녀가 미국에서 돌아와 2주 동안 대문 밖에 나가지 않았고, 할아버지인 나와 다른 가족들을 위해 외출을 삼가던 사실을 기억해 양구 인문학 강좌 연기에 찬동했다.

지금 전 세계 코로나19 확진자는 2억 명을 훌쩍 넘겼고 사망자는 500만 명을 초과했다. 우리 의료진들, 특히 간호사들의 헌신적인 노력을 가벼이 여겨서는 안 된다. 한 어머니 간호사가 두 아이에게 "너희들과 함께 있고 싶지만, 많이 아파하는 사람들을 위해 다녀와야겠다"면서 양해를 구하는 모습을 보았다. 많은 사람이 어려움에 처하고, 고통을 겪을 때 사랑이 있는 공동체 의식을 갖추지 못한다면 세상이 어떻게 되겠는가.

의료진만으로는 해결되지 않는다. 서로를 위하는 사랑 있는 배려만이 이 난국을 극복할 수 있을 것이다.

내가 언제 이렇게 늙어 있었나

사람은 누구나 행복하게 살 권리가 있다. 그렇다면 즐겁게 살 권리도 있고 젊게 살 권리도 있어야 한다. 누구나 건강하고 젊게 살고 싶어 한다. 나는 회갑을 맞이하면서 젊게 살아야겠다는 생각을 굳혔다. 선배 교수들이 회갑이 되면 노년이 되었다고 생각하고, 65세가 되면 정년으로 인생을 스스로 끝내는 경우를 많이 보았기 때문이다.

나름대로 깨달음을 얻은 두 가지 길을 열어가기로 했다. 신체는 늙어도 정신은 늙지 않으며, 다른 사람들이 늙었다고 해서 나도 늙으라는 법은 없다고 생각했다. 늙은이 대접을 받을 필요도 없고, 나이가 늙음의 표준이 못 된다는 아전인수 격인 생각을 갖고 살았다. 내 친구 안병욱 교수는 언제나 공부하는 사람, 여행을 즐기는 사람, 열심히 연애하는 사람은 늙지 않는다는 것이 지론이었다. 90이 넘으니까 연애의 대상이 없어 늙은 것 같다면서 웃었다.

그래서 늙은이들을 위한 모임에는 잘 가지 않는다. 김동길 교수가 주동이 되어 만든 '장수 클럽'이 있다. 80세 이상의 사회 원로들이 한 달에 한 번씩 모인다. 나보고도 회원이 되라는 요청이 왔다. 거절하기 미안해 한번 참석해보았더니 90세 이상 회원으로는 백선엽 장군이 있었다. 여성 회원으로는 시인 김남조가 동참해 있었다. 미안하지만 나는 곧 속으로 생각했다. 이런 모임에 동참했다가는 나도 더 늙겠다는 경계심이었다. 여러 젊은 세대들도 있는데 하필 '늙음'을 재촉할 필요는 없을 듯싶었다.

요사이는 걷는 것이 부담스러워진다. 현관에 준비해 둔 지팡이는 공식적인 장소에서는 쓰지 않는다. '김 교수도 늙었구나!' 하는 인상을 주고 싶지 않아서다. 그런 잠재의식 때문인지도 모르겠다. 나도 모르게 내 나이를 착각하곤 한다. 며칠 전, 인터뷰를 하던 기자가 자기 모친은 96세인데 아직 건강하다고 했다. 나는 자연스러운 듯이 "그렇게 장수하셨어요? 부럽습니다"라고 했다. 그러다 문득 '내가 더 오래 살았는데' 생각이 나서 웃었다. 엊그제는 월주 스님이 선종했다는 뉴스가 전해졌다. 100세 전후는 되었을 것이라고 생각했는데, 향년 86세였다. 나는 지금까지 월주 스님은 나보다 나이가 많을 것이라고 생각하면서 지냈다. 모르는 노인들을 대하는 때가 있다. 겉으로 보기에는 나와 비슷한 나이 같은데 따져보면 100세는 못 됐을 것 같다고 생각한다.

97세쯤까지는 그렇게 지냈다. 한번은 구청에서 전화가 왔다. "연세가 많으신 어른들, 특히 독거 노인들을 살펴드리고 있습니다. 내일이나 모레쯤 뵈러 가겠습니다"라는 것이다. 안 와도 되고 나도 시간이 어떨지 모르겠다고 대답했으나, 그쪽에서 꼭 가야 한다는 설명이었다. 다음 날 오후에 손님이 왔다. 대문을 열어주면서 "누구시냐"고 물었더니 "구청에서 왔는데 할아버지를 뵙고 싶다"면서 현관 앞까지 들어섰다. 내가 "어제 전화를 주셨지요?" 했더니 "네? 선생님이세요?"라며 뜻밖이라는 듯이 쳐다보았다. 방 안에 늙은 할아버지가 누워 있을 것으로 착각했던 모양이다. 그다음부터는 아무런 연락도 없다.

97세 때는 책 두 권을 집필하며 준비했고 한 권이 출간되었다. 가장 많은 일을 했다. 그래서 '더 늙지 말고 97세를 연장해가자'는 생각을 굳혀보기도 했었다.

그러다가 요사이는 아무것도 아닌 일이나 이야기를 들으면 '내가 언제 이렇게 늙어 있었나' 하고 스스로 늙음을 절감하는 때가 있다. 얼마 전이었다. 내 외손자가 미국에서 결혼을 했다. 손자며느리는 이탈리아 계통 백인 여성이다. 그 외손자가 다섯 살쯤 되었을 때였을 것이다. 미국에 갔을 때 가족이 한 차를 탔다. 그 외손자 이름이 웨슬리다. 웨슬리가 내 딸에게 "엄마, 나 할아버지 귀 좀 만져봐도 돼?"라고 했다. 내 귀를 쓸어보면서 좋아하던 것이 엊그제 같은데 그 웨슬리가 훌쩍 자라 의사가 되고 결혼까지 했다. 순간 '내가 그렇게 오래 살았나?' 하는 생각이 났다.

내 큰딸도 미국에 살고 있다. 딸의 손주가 유치원에 다닐 때 보내준 생일축하 편지가 서랍에서 나왔다. 준비해주는 카드를 쓰지 않고 직접 편지를 쓰겠다면서 전해줬는데 '아빠의 엄마는 할머니, 그 할머니의 아빠인 할아버지의 생신을 축하해요'라는, 게가 지나간 자리 같은 글씨였다. 그러고는 어떻게 준비했는지 1달러짜리 지폐도 들어가 있었다. 내가 따져보니까 내 외증손주가 된다. 그 애가 지금은 고등학생이 되었다. 그만큼 내가 늙었음에 틀림이 없다.

재작년과 작년에 있었던 일이다.

내가 연세대학교에 부임하는 해에 입학한 문과대학 동문들의 모임이 있었다. 지지난번 모임에 가서 찍었던 기념사진을 받아보았다. 누군지 잘 기억이 안 나는 노인들 11명이 함께 앉아 찍은 사진이다. 그렇게 늙어 보일 수가 없었다. 나도 그 늙은이들 가운데 끼어 있었다. 그것도 90대 전후 제자들의 은사로서다. 제자들 말로는 입학과 재학 당시 스승 중에는 나 혼자 생존해 있다는 것이다. 겉으로 보기야 어떻든 나도 늙었음에는 틀림이 없다.

작년에는 고등학교 제자인 서예가 이곤이 찾아왔다. 광화문 부근에서 열리는 서예 전시회에 참석해주면 감사하겠다는 예방이었다. 내가 담임했을 때 이곤 군은 키가 제일 작아 맨 앞자리 1번에 자리했었다. 이야기를 나누다가 이곤에게 "지금 나이가 어떻게 되었더라?"라고 물었다. "선생님 죄송합니다. 저도 금년에 90입니다"라는 것이다. 하도 뜻밖이어서 "90 될 때까지 키도 안 크고 무얼 했나?"라고 묻고는 함께 웃었다. 아무리 늙고 싶지 않아도 어쩔 수 없는 것 같다.

내 선배인 정석해 선생은 90 중반에 누가 "건강은 좋아 보이십니다"라고 인사하면 "건강이랄 게 있나요? 그저 목숨이 붙어 있는 거지요"라고 했다. 내 어머니는 손자들이 100세를 맞이하여 세배를 드리면서 "할머니 더 오래 사세요"라고 하면 "더 오래 살고 싶지는 않다. 힘들어서, 그저 죽기 싫어서 살아가는 거란다"라고 했다. 나도 그렇게 늙어가는지 모르겠다.

2부

행복하게 살았으면
좋겠습니다

8

주는 마음이 그렇게 행복할 줄이야

2021년 여름은 힘들게 보냈다. 코로나19 때문에 찾아오는 손님이 없고, 내가 보고 싶은 사람과도 전화로 용무를 끝내야 했다. 설상가상으로 지루한 장마까지 겹쳐서 작은 섬에 정배定配되어 사는 기분이다.

그래도 근래에 즐거운 모임이 있었다. 사랑하는 후배 교수들과 서대문구의 한 호텔에서 점심을 같이했다. 헤어질 때는 동석한 젊은 친구들에게 선물도 주었다. 와인과 안동소주, 캐나다산 명품인 벌꿀이었다.

주는 내 마음이 그렇게 행복할 줄은 몰랐다. 100세라고 해서 연초부터 받아두었던 물건들이다. 이 글을 쓰면서 좀 걱정이 된다. '선물로 드렸는데 결국 남에게 주는가'라고 생각할까봐서다. 그러나 내가 받았어도 같이 나누어 갖는 행복이 더 크니까 보내주신 분들도 더 기뻐해주셨으면 좋겠다.

사실 100세가 되면서 무척 많은 선물을 받았다. 강원도 양구에서 보내온 따뜻한 마음의 선물은 말할 것도 없다. 어제도 "옥수수가 익어가고 있으니까 기다려달라"라는 전화를 받았다. 오래전에는 기차 안에서 만난 사람이 명함을 달라기에 준 것뿐인데 며칠 뒤부터 토종닭, 유정란을 계속 보내온다. 전북 고창에 가서야 따뜻한 인사를 나누면서 그가 어떤 분인지 알고 지낸다. 인촌 김성수를 존경하는 마음도 나와 같았다.

금년 여름에는 경상도 성주에서 보내오는 참외를 계속 받았다. 내게는 전국에서 가장 맛있는 참외다. 6월에는 청주의 한 교회에 설교하러 갔는데, 직접 담았다는 김치 두 포기를 선물로 받았다. 그렇게 맛 좋은 김치는 처음이었기에 전화로 인사를 했더니, 그는 오히려 감사하다면서 또 김치를 보내주었다. 그런 선물을 보내주는 분들은 내 강연을 들은 사람이거나 책을 읽은 독자들이 대부분이다.

연세대학교와 양구에까지 연락을 해서 내 전화번호나 주소를 찾아 보내주시는 분들도 있다. 지난달에는 한 회사 대표가 소포를 보내왔다. 내가 주문한 적이 없어 처음에는 잘못 전달된 줄 알았다. 뜯어보니 안에는 '저희 회사 창업자이며 유명한 디자이너이신 알렉산드로 멘디니 씨가 88세에 돌아가셨는데, 살아 계셨다면 두 분이 좋은 대화를 나누셨을 것 같아 기념으로 보냅니다'라고 적혀 있었다. 디자인이 근사한 탁상 전등을 보내왔다. 그렇게 받은 일상 생활용품들은 감사히 간직하면서 오래 사용하고 있다.

나는 이런 마음의 선물들을 계속 받을 때마다 이렇게 따뜻하고 아름다운 세상에 살고 있다는 감격에 젖곤 한다. 한편으로는 '더 오래 살면서 지금까지 받은 마음의 선물에 보답해야겠다'는 용기를 낸다. 세상이 각박해지는 것만은 아니다. 빼앗아가려는 사람보다는 나누어주려는 이웃이 더 많다. 그 행복과 보람을 좀 더 높여가야겠다. 함께 미소를 지으면서, 손을 잡으면서.

쓸모없는 늙은이가 되고 싶지 않았다

40년 전, 회갑을 맞이했을 때의 일이다.

30대 중반에 연세대학교에 부임할 때는 회갑을 맞이하거나 정년이 되어 대학을 떠나는 선배들의 노년기를 남의 일같이 생각했다. 회갑기념 논문집을 받고 나니까 모두가 나를 인생을 끝내는 늙은이로 대했다. "안녕하십니까? 일찍 나오셨네요" 하던 인사가 "건강은 괜찮으시지요? 요사이는 무엇으로 소일하십니까?"라는 인사로 바뀌었다. 나도 인생을 마무리하기 위해 남은 5년 동안 열심히 많은 일을 했다. 대학과 더불어 사회에서의 일이 끝나면 가정으로 돌아갔다가 공동묘지로 가는 여정이 기다리는 듯이 일을 해왔다.

그때 1962년 하버드대학교에서 정년 퇴임하던 폴 틸리히 교수 생각이 떠올랐다. 그는 유니온신학교에서 65세로 정년을 맞이했을 때, 7년 계약으로 하버드대학교의 교수로 와 임기를 끝냈다. 그 후 기다리고 있던 시카고대학교에서 5년 계약으로 다시 출강한다고 발표했다. 우리 나이로는 78세까지 현역 교수로 활동하게 되는 것이다. 나는 65세라는 젊은 나이로 인생을 끝낼 수는 없다고 생각했다.

연세대학교 퇴임식 때, 현실에 어울리지 않는 이야기를 했다. "오늘 연세대학교를 졸업하면 사회로 돌아가 열심히 일할 것입니다. 그것이 졸업생의 책임이니까요." 모두가 농담으로 여겼는지 웃었다. 그러나 나는 열심히 일했다. 내 생애에서 가장 소중한 학문과 사회적 업적은 대부분 그 기간에 이루어졌다. 바로 철학적 저서들이다. 나만 그런 것이 아니었다. 동갑내기 친구 안병욱, 김태길 교수도 그랬다. 그래서 얻은 결론이 '인생의 황금기는 60에서 75세까지'라는 것이었다. 그 다음에는 어떻게 해야 하는가. 75세까지 성장하고 터득한 지적 수준을 얼마나 연장하는가이다. 90세까지는 가능할 것이라고 다짐해보았다. 그 기대와 노력은 버림받지 않았다. 두 친구는 90까지 일했고, 나는 거기서 좀 더 연장할 수 있었으니 말이다.

나와 같은 세대에는 90이 인생의 넘기기 힘든 마지막 고개인 것 같다. 대부분의 친구들이 세상을 등졌고, 생존해 있어도 신체와 정신적 건강의 균형이 깨진다. 신체는 건전한데 노인성 치매로 고생하는 이가 있고, 사고력은 뚜렷한데 신체적 기능이 쇠진하는 경우가 생긴다. '나도 늙었구나!' 하는 생각을 떨쳐버릴 수가 없었다. 더 힘든 것은 모두가 곁에서 떠났기 때문에 찾아드는 고독감이다. 아내를 먼저 보낸 탓일까. 외로움이 더욱 심했다. 그래도 나에게 주어진 여생을 소홀히 여기거나 낭비할 수는 없었다.

다행스럽게도 공부와 일을 계속해온 셈이어서 90을 넘어서도 사색과 독서, 집필을 계속하고 있다. 기대하지 못했던 성과는 90 이후에 몇 권의 저서가 사회적 관심을 받게 된 일이다. 어렸을 때는 부모와 스승이 나를 키워주었고 장년기에는 같은 직장의 동료들이나 친구들과 함께 성장할 수 있었다. 그러다가 혼자가 되면 내가 나를 키워야 한다. 공부하는 일을 계속하는 노력을 게을리해서는 안 된다.

그런데 90 중반쯤 되니까 신체적 건강의 한계가 나타나기 시작했다. 시력이 자유롭지 못하며, 소리는 들려도 말이 들리지 않는다는 말이 현실로 다가왔다. 청각의 위축은 대인관계의 어려움을 더한다. 안병욱 교수는 90이 되면서는 대화가 어려우니까 '말씀들 하세요. 나는 잘 듣지 못하니까…'라면서 메모를 하거나 읽을거리를 꺼내기도 했다. 텔레비전에서 뉴스를 들을 때도 옆 사람에게는 실례가 될 정도로 소리를 높여야 한다. 무엇보다 현저한 어려움은 다리의 힘이 약화되는 것이다. 나도 의사들 앞에서는 "지구의 중력이 그렇게 강한 줄은 몰랐다"면서 웃곤 한다. 균형 감각이 약화되면 자신도 모르게 넘어져 낙상하기 쉽다. 층층대의 식별이 어려워지고 작은 경사지에서도 보행이 힘들어진다.

그런데 이상하게도 사고력이나 정신기능이 약화된다는 것은 느끼지 않고 지냈다. 한 신문사에서 우리 사회에서 가장 좋은 문장을 쓰는 사람 10명을 선출해 발표한 적이 있었다. 나도 그중 한 사람으로 들어 있었다. 다른 이들은 모두 50~60대였는데, 나만 97세였다. 내가 내 글을 읽어보아도 문장은 50~60대가 더 좋았던 것 같다. 그러나 사상은 내가 앞섰기 때문에 10명 안에 들었는가 싶었다. 우리의 정신력은 좀체 늙는 것이 아닌 것 같다고 생각했다. 100세가 되었을 때도 두 신문에 칼럼을 썼고 지금도 한 신문의 필자로 후배들과 같은 자리를 유지하고 있다.

이런 일에 따르는 부담이 없지는 않다. 지금은 내 정신력이 늙어가는 신체를 업고 가는 것 같은 상태다. 좀더 세월이 지나게 되면 신체의 종식이 삶의 마지막이 될 것이라는 느낌이 든다. 이제 곧 우리 나이로 103세가 된다. 그때까지 작은 도움이라도 사회에 보탬이 되었으면 좋겠다.

왜 이런 생각을 해보는가. 신체가 노약해진다고 해서 나의 인생 자체가 늙어서는 안 되겠다는 뜻을 같이하고 싶어서다. 60대부터 그런 각오와 준비를 갖춘다면 90까지의 활동은 모두에게 주어진 축복의 의무라고 생각한다. 인생을 사랑한다는 것은 최선의 인생을 산다는 뜻이다. 건강을 위한 건강보다는 성장과 일을 위한 건강을 생각한다면 건강에 대한 관념도 달라진다. 이렇게 살았더니 건강도 따라오더라는 순서가 되길 바란다. 지금 나는 내가 가장 건강하다는 자부심을 가져본다. 내 나이에 나보다 더 많은 일을 하는 사람이 없을 것 같기 때문이다.

또 하나의 과제가 있다. 남들이 내 나이가 많다고 해서 내가 스스로 늙었다고 생각할 필요가 없다. 젊음과 늙음은 나에게 속하는 것이지 다른 사람을 표준 삼을 필요가 없다. 50대에도 늙은이가 있으며, 80세가 넘어서도 성장할 수 있고 창조력을 갖출 수 있기에 인간이며 자아自我이다. 정신적인 성장만이 아니다. 정서적인 풍부함과 행복은 나이와 같지 않다. 나는 지금도 예술가들의 생활을 부러워한다. 그들은 나보다 풍요로운 정서적 젊음을 지니고 살기 때문이다.

만일 우리 모두가 신체적 건강, 정신적 성장, 아름다운 감정을 지니고 살 수 있다면 '나는 이렇게 살았더니 행복했다'는 고백을 남길 수 있을 것 같다.

지금도 꿈이 있나요?

한 모임에서 연락이 왔다. '30대 젊은이들의 모임이 있는데 강사로 와달라'는 청이었다. 내 막내딸이 60대 중반인데 30대 청중이라니, 청중과의 60~70년 격차를 생각하면서 좀 망설였다. 회원의 절반 이상이 여성들인데 남성들보다 더 열성적이라고 해서 응하기로 했다.

70분 정도 강의를 하고 질의 시간을 가졌다. 첫 질문이 "지금도 선생님께서는 꿈이 있는가"였다. 뜻밖의 질문이어서 당황스러웠으나 다음과 같이 대답했다.

"꿈은 세월의 여유가 있고 내가 하고 싶은 일이 가능할 때 갖게 된다. 그런데 나에게 주어진 시간은 너무

짧고, 나 자신을 위한 희망은 다 끝난 것 같다. 그래도 10년이나 50년 후에는 이런 국가와 사회가 되었으면 좋겠다는 소원은 있다. 그 소원은 여러분의 꿈이 될 수 있겠기 때문이다."

집에 돌아와 그 생각을 정리해보았다. 사실 나는 꿈을 꿀 수 없는 세월을 살았다. 14세 때는 극심하게 가난했고 희망이 없는 병약자로 자랐다. 꿈보다는 다른 사람들처럼 50, 60까지 살았으면 좋겠다는 가냘픈 소원을 안고 인생의 길을 출발했다. 그 소원은 버림받지 않았다. 지금까지 일하고 있으니까.

많은 사람의 꿈은 20대에 찾아온다. 그러나 나는 꿈 많은 세월을 또 빼앗겼다. 모든 것이 내 뜻대로 되지 못하는 일제강점기를 살았기 때문이다. 대학 시절이 끝나가는 무렵에 학도병으로 일본 군대에 끌려가야 할 절망의 강에 직면했다.

25세에 해방을 맞았다. 절망이 희망으로 바뀌고 이제는 내 꿈을 가져도 된다고 생각했다. 비로소 내 인생의 출발선에 서게 되었다. 교육자로 한평생을 바치겠다는 결심을 했다. 인생의 봄인 지금부터 시작해 교육의 밭을 갈고 씨를 뿌리자는 꿈이었다. 그러나 그 꿈도 험난했다. 2년 동안 공산 치하에 살면서 공산 사회의 교육은 빙판 위에 씨를 뿌리는 것임을 깨달았다. 그래서 고향을 떠나 대한민국의 품을 찾았다.

2년 반 후에 6·25전쟁이 발발했다. 내 꿈은 나를 위한 것이 될 수 없고 사회, 겨레와 더불어 가능하다는 역사적 시련에 부딪혔다. 나는 다시 새로운 선택을 놓고 고민했다. 나에게 주어진 책임이 중고등학교 중심의 교육인가, 학문을 통한 정신적 지도자가 되는 길인가? 그때 몇 대학의 초청을 받았다. 자의 반, 타의 반으로 '교수다운 교수로 여생을 바치자'는 꿈을 확정지었다. 30대 중반의 결정이다.

지금 내게 강의를 요청해온 세대들과 같은 나이였을 때다. 그래서 강의와 대화에는 공감대가 있었다. 나는 60여 년 동안 그들 앞에 서서 최선의 길을 걸어온 셈이다. 교수다운 교육자로 살고 싶다는 긴 꿈의 여정이었다. 그날 내 강의는 이 마지막 말로 끝냈다.

"지금도 나는 열심히 씨를 뿌리고 있습니다. 그 씨알들이 여러분의 꿈이 되어 열매를 거둘 수 있다는 소원 때문이지요. 나는 꿈보다 소원의 시대를 살았으나 여러분은 스스로의 꿈을 안고 행복하게 살았으면 좋겠습니다."

행복해지십시오

새해가 되면 복 많이 받으라는 인사를 나눈다. 그때의 '복'은 전통적으로 '행운'을 뜻한다. 그렇다고 자신의 인격 수준보다 무거운 행운은 복이 되지 못한다. 복권에 당첨되었다고 해서 모두가 행복해지는 것은 아니다. 관운이 좋다고 말한다. 그러나 탐욕으로 정권을 차지한 사람은 많은 국민에게 고통을 남기고 자신도 불행해진다. 상을 차지하려고 노력해 수상하는 사람은 상을 준 기관과 자신에게 불명예스러워지기도 한다.

그래서 지금은 '복'이라는 개념보다는 '행복해지십시오'라는 뜻을 전한다. 건강해지기를 바라며, 사업에 성공하기를 축원하며, 훌륭한 업적을 남겨주기를 바라는 마음이다. 행복은 그 자체가 목적도 아니며 공짜로 주어지는 것도 아님을 알기 때문이다. 행복하기 위해 산다고 행복이 찾아오지 않는다. '이렇게 살았더니 행복했다'는, 사후적 고백만이 가능하다. 행복은 값진 삶의 결과로 주어지는 것이다. 건강·성공·보람 있는 삶에서 주어지는 것이 행복이다. 성경에는 8복에 관한 교훈이 있다. 이렇게 사는 사람은 자신이 소원했던 것보다 더 큰 복을 받게 된다는 교훈이다.

그 속에는 정신적 가치를 모르는 사람은 물질적 행복을 누릴 수 없으며, 이기주의자는 행복해지지 못한다는 엄연한 가르침이 깔려 있다. 다른 사람에게 불행과 고통을 주면서 나는 행복해진다는 사고는 용납될 수 없다. 그 대신 다른 사람에게 선한 뜻을 베풀며 사랑을 나누어주는 사람은 더 큰 축복을 차지한다. 그렇게 살아본 사람은 누구나 체험하는 진실이다.

그런 삶의 사회적 결과를 우리는 거짓이 아닌 진실, 불의가 아닌 정의, 증오가 아닌 사랑의 가치로 받아들인다. 진실하고 정직한 삶은 버림받지 않는다. 더 많은 사람들의 행복을 위해 노력한 사람은 존경을 받는다. 그래서 훌륭한 인격이 최고의 행복이라는 윤리적 명제가 탄생한 것이다.

그러면 어떻게 사는 사람이 행복한 것인가. 행복학 연구에 긴 세월을 바쳐온 전영 교수는 '감사'를 아는 삶, '감사하다'는 마음을 갖는 것이 행복의 제1 조건이라고 강조했다. 감사를 모르는 사람은 행복을 모른다는 뜻이다. 행복은 단독자의 개념이 아니고 '더불어 사는 삶'의 고백이다. 많은 사람이 불행을 겪고 있어도 나는 행복해질 수 있다고 믿는 사람은 더 큰 불행을 치르게 된다. 행복은 공동체 의식의 하나이기 때문이다.

더 많은 사람이 행복해졌으면 좋겠다. 서로가 사랑을 나누는 삶이 기본이다. 사랑은 위해주는 마음과 실천이다. 가난한 사람을 위해서, 병든 사람을 위해서, 소외당한 이들을 위해서 사랑을 베풀 수 있다면 그들은 우리에게 "감사합니다"라고 응답해올 것이다. 사랑을 베푸는 사람이 행복을 창조하는 사람이다. 큰 사랑의 실천은 고통을 행복으로 바꿀 수 있다.

8

행복하고 품위 있는 삶을 사는 사람들

2019년에는 제자들과의 모임이 두 차례 있었다. 첫 번째는 중앙고등학교 초창기 제자들과의 회식이었다. 모두가 90대 초반이었다. 밖에서 보면 나와 비슷한 나이 같았다. 살아 있는 동기생보다는 작고한 제자가 더 많았다.

2020년 연말에는 같은 해에 나는 교수로, 그들은 신입생으로 입학했던, 연세대학교 문과대학 제자들과의 모임이 있었다. 박영식 총장과 동기생들이다. 처음에는 40여 명으로 출발했는데 여성 동문들이 참석하지 못하게 되면서 점차 출석률이 줄어들었다. 이번에는 11명이 모였다. 서울과 지방 출신이 반반쯤이었다. 대구, 강릉 지역에서 온 이들도 있었다. 몇 해 전과 달리 지팡이를 짚은 이도 있고, 잘 들리지 않으니 내가 이야기할 때는 앞자리로 옮겨와 경청하는 이도 있었다. 그래도 은사의 말씀이라고 학생 때같이 수강하는 자세가 감격스럽기도 했다.

그런데 이상하게도 평균 연령이 80대 중반쯤인데 90 정도로 늙어 보이는 제자가 있고, 70대 후반쯤으로 젊게 느껴지는 이가 있다. 학생 때는 다 같은 20대였는데…. 돌아오는 차 안에서 생각해보았다. 역시 정신력이 진취적이고 강한 사람이 늙지 않았다. 계속해서 공부하며 배우려고 노력하는 제자들이었다. 나와 비슷한 100세 가까운 나이의 친구들도 그랬다. 김태길, 안병욱, 현승종, 송인상 등이다. 90세가 될 때까지도 정신적으로 지적 의욕을 갖고 있었다. 그 방법의 하나는 취미 활동이기도 했다.

둘째는 일을 계속하는 사람과 그렇지 않은 사람의 차이였다. 한 제자는 지금도 중고등학교 연합회의 총무로 있다. 누가 보든지 동료들보다는 훨씬 연하로 보인다. 한배호 교수도 80대 후반에 새로운 저서를 증정해주었다. 서예가 이곤은 90세에 전시회를 열기도 했다. 일을 사랑하고 즐기는 인생이었다.

셋째는 인간관계를 풍부히 갖는 것과 외로움과 고독을 해소하지 못하는 생활의 차이였다. 백년해로하는 사람이 삶의 일상과 행복도 풍부해진다. 혼자 살거나 인간관계의 폭이 좁은 사람은 삶이 빈약해진다. 철학과 제자인 한 친구는 하루도 집에 머물지 않고 여러 모임과 위원회에 참석하는 편이다. 나를 만날 때도 수첩에서 일정표를 확인해야 할 정도로 바쁘게 지낸다. 동료들이 저 친구는 바빠서 늙을 시간이 없다고 놀린다. 일과 사랑이 있는 인간관계가 필수적인 것 같다.

넷째는 좀 어색한 표현이지만 자기 인생을 자기답게 합리성을 갖고 이끌어가는 사람이다. 이기주의는 아니다. 이기주의자는 소유욕에 빠지게 되며 타인에게 도움을 주지 못한다. 자신의 신념과 인격을 높여가면서 자기 인생의 의미를 찾아 사는 사람이다. 그런 사람은 존경도 받고 90대까지 사회에 기여하는 삶을 유지한다.

마지막은 다 같이 출발한 인생의 마라톤을 끝까지

사명감을 갖고 완주하는 사람이다. 이런 이들을 존경스러운 인생의 승리자로 자타가 인정한다. "무엇을 위해 어떻게 살 것인가"라는 질문에 해답을 줄 수 있었기 때문이다.

당신은 성공했습니까?

최근에는 뜻을 같이하는 사람들의 모임이 많아지고 있다. 지난 정월 말에는 30~40대의 청·장년들이 사회봉사를 위한 인생관을 토론하고 정립해보는 포럼에서 강연 청탁을 받았다. '참다운 행복과 성공이란 어떤 것인가'가 주제였다.

참행복과 성공은 인생의 경지에 도달했을 때 깨닫게 되는 것일지 모른다. 그때까지는 행복과 불행이 교차되며 성공과 실패가 공존하는 과도기를 보내는 것이 인생이다. 작은 행복이 끝나면 큰 고통이 찾아들기도 하고, 성공했다고 기뻐한 것이 엊그제 같은데 또 다른 시련이 찾아든다. 인간의 일생을 100리 길이라고 한다면 99리까지는 행복과 고통, 실패와 성공을 함께 겪어야 한다. 작은 불행을 겪으면 좀 더 큰 행복을 기대하게 되며, 실패가 전화위복이 되는 경험은 누구나 체험하게 되어 있다.

그러면 참행복은 어떤 것인가. 천주교의 한 교황이 "나는 행복합니다. 여러분도 행복하세요"라는 유언을 남겼다고 전해 들었다. 그는 인생의 정점인 죽음을 앞두고, "나는 여러분의 행복을 위해 노력했습니다. 그래서 누구보다도 행복했습니다"라는 고백을 했던 것이다.

성공도 그렇다. 나에게 주어진 인생의 100리 길을 다 달려간 사람이 성공한 것이다. 게으른 사람은 성공이 무엇인지 모른다. 마라톤 경기를 시작했으면 목적했던 골인선까지 도달해야 성공이 주어진다. 50리나 60리까지 달려간 사람은 참성공이 무엇인지 모른다. 그 대신 최선을 다해 달려간 사람은 실패도 성공으로 바꿀 수 있다. 50의 가능성을 안고 태어난 사람이 70에 도달했다면 크게 성공한 것이다. 주어진 90의 여건을 갖고 출발한 사람이 70까지 갔다면 실패한 인생을 산 결과가 된다.

그렇다면 누가 참성공을 한 사람인가. 인생 전체를 최선을 다해 노력한 사람이다. 자신을 위해 산 사람은 30의 성공을 차지할지 모른다. 그러나 함께 최선을 다해 공동체의 기쁨을 나눈 사람은 60의 성공을 거둘 수 있다. 그리고 더 많은 사람에게 행복과 성공을 베푼 사람은 90 이상의 성공을 찾아 누린다. 그런 사람에게 "당신은 성공했습니까?"라고 물으면 미소를 지으면서 "예, 나는 주어진 모든 일에 최선을 다했습니다"라고 대답할 것이다.

인생의 정점에서 보면 성공한 사람에게는 행복이 주어지고 행복한 인생에는 그에 해당하는 보람이 있다.

선하고 아름다운 인간관계

나는 늦게 철들었다고 생각한다. 그래서 지금 나이까지 일해왔는지 모른다. 앞으로 더 지혜로워질 수 있을까. 그러지는 못할 것 같다. 나 자신에게 전하는 교훈이 있다. "내가 나를 위해 한 일은 남는 것이 없다. 더불어 산 삶은 행복했다. 겨레와 국가를 위해 걱정한 마음은 남는다."

사람은 누구나 본능적 욕망이 있다. 그 욕망은 소유욕으로 작용한다. 때로는 남의 것을 빼앗더라도 내 만족과 즐거움을 채우고 싶어 한다. 나 같은 사람은 재물에 대한 소유욕이나 권력에서 오는 행복은 작았다. 일찍부터 종교적 가치관을 택한 영향이었을 것이다.

그래도 명예욕은 80이 될 때까지 잠재해 있었다. 남들이 받는 영예로운 상을 한 번은 받았으면 싶었다. 그러면서 주변에서 벌어지는 불미스러운 사건들을 보았다. 상을 받을 만한 인품과 자격도 없는 사람이 수단과 방법을 가리지 않고 상을 받는다. 그 결과로 본인도 부끄러움을 당하고 상을 준 기관에도 불명예를 남긴 사례들이다. 차라리 받지 않았더라면 좋았겠다는 생각을 했다. 그러다가 90이 넘은 나이에 내가 두세 차례 수상자가 되었다. 자랑스럽거나 영광스럽다기보다는 더 무거운 부담과 사회적 책임을 느끼면서 살게 되었다. 내가 원해서 받은 상이 아니었는데도 그랬다.

사람은 누구나 행복을 원한다. 행복이 인생의 목적으로 느껴지는 때도 있다. 그러나 행복은 선하고 아름다운 인간관계에서 주어진다는 생각은 하지 못한다. 이기주의자는 언제 어디서나 행복해지지 못한다. 오히려 자신을 절제하고 많이 베푸는 사람이 더 큰 행복을 누린다. 인간을 상하 관계로 보는 사람, 경쟁에서 이기기만 하면 된다고 믿는 사람은 자신이 행복하지 못하고 사회에도 고통을 남긴다. 그래서 선의의 경쟁이란 이웃과 사회를 위하는, 사랑이 있는 경쟁인 것이다. 사랑이 있는 경쟁에는 패자가 없기 때문이다. 누가 더 많은 사람을 사랑했는가. 이것이 곧 그 사람의 행복 척도다. 그래서 최고의 행복은 사랑이 있는 인격에서 주어진다.

옛날에는 생활 단위가 가정이었다. 그러나 지금은 가정을 넘어 국가와 민족으로 성장하고 발전했다. 세계의 생활 질서가 그런 방향으로 가고 있다. 그래서 애국심이나 국민적 자각이 필요하다.

우리는 큰일을 하지 못해도 괜찮다. 작은 일이라도 이웃과 겨레를 위해 걱정하는 마음이 애국심인 것이다. 그 마음이 쌓이고 이어져 민족의 영광으로 남는다.

나는 행복했습니다

지금 나는 102세를 넘어서 103세로 가고 있다. 나는 독자들과 60여 년 동안 함께 살아왔다. 여러분에게 하고 싶은 말을 하라면 "나는 행복했습니다. 여러분도 행복하십시오"라고 전하고 싶다.

사람이 성장한다는 것은 사회인으로서의 가치와 의무를 깨닫는 것이다. 우리 삶의 평가는 사회와 역사가 내리기 때문이다. 무엇이 나를 오늘까지 이끌어주었는가, 하고 반성해본다.

중학생이 되었을 때 부친이 나에게 들려준 말이 있었다. "네가 한평생을 사는 동안 너와 가정만을 걱정하면서 살면 가정만큼만 자란다. 직장에서 최선을 다하며 동료들과 함께 일하면 직장과 공동체의 지도자로 성장하게 된다. 그런데 언제나 민족과 국가를 위하면서 살면 너 자신이 민족과 국가의 지도자로 성장할 수 있다"라는 말씀이었다.

지금은 부친의 마음을 이해하게 되었다. 내가 나를 위해 한 일은 남는 바가 없었다. 더불어 일한 것은 즐거웠다. 민족과 국가를 위하는 정성은 버림받지 않았다. 내 친구들도 그랬다.

20대 중반이 되었을 때였다. 내 능력으로는 도저히 해결할 수 없는 운명의 절벽에 서게 되었다. 일제강점기 학도병 사건이었다. 신앙인이었던 나는 기도를 드렸다. 그때 나는 '네가 나를 택한 것이 아니라 내가 너를 선택한 것이다. 이웃에게 많은 열매를 남겨주는 포도나무의 책임을 위해서…'라는 성경 말씀을 들었다. 그때 하나님 아버지께 기도를 드릴 수 있는 사람은 행복하다는 확신을 얻었다. 개인의 자유에는 한계가 있다. 그렇다고 운명이 절대적인 것은 아니다. 내 인생의 앞길에는 어떤 섭리가 있었다.

해방을 맞이했고 6·25전쟁을 치러야 했다. 감당할 수 없을 만큼 큰 환희는 사라지고 더 큰 비극의 역사 무대에 설 수밖에 없었다. 나와 가정의 운명이 아니었다. 국가와 민족의 파국을 초래할 처참한 현실이었다. 나도 그 소용돌이 속에 휘말려야 했다. 그러나 우리 민족은 훌륭했다. 인류가 염원하는 자유의 등불은 꺼지지 않았다. 전쟁이라는 혹독한 시련을 겪으면서 우리는 과거에 몰랐던 저력을 발휘할 수 있었다. 대한민국은 절대빈곤에서 벗어나기 시작했고 자유의 가치는 점차 국민들 의식 속에 스며들게 되었다. 희망의 길을 자력으로 개척한 것이다.

그러는 동안에 나는 대학을 떠나 사회교육에 참여했다. 30여 년이 지났다. 돌이켜보면 내 인생에도 많은 변화가 있었다. 가난의 굴레를 벗어난 지도 오래다. 그러나 무엇보다도 행복한 것은 주변의 많은 사람이 나보다 부한 경제생활을 하고 있다는 사실이다. 나는 누구보다도 병약한 체질로 성장했으나 지금은 가장 많은 일을 즐기는 노년기를 보내고 있다. 90을 넘기면서부터는 많은 사람으로부터 "수고했다"라든지 "감사하다"라는 인사를 받는다. 그때야 비로소 행복해진 나 자신을 발견할 때가 있다.

행복은 어디 있었는가. 행복은 주어지거나 찾아가는 것이 아니다. 언제나 우리들의 생활과 삶 속에 있었다. 고통과 시련이 있을 때는 희망과 함께했다. 좌절과 절망에 처했을 때는 믿음을 안겨주었다.

행복은 일상 속 경험의 산물이기 때문에 복합성을 갖는다. 희망을 상실하게 되면 행복도 잃어버린다. 행복은 믿음과 공존한다. 서로 믿지 못하게 되면 행복도 떠나버린다. 행복은 평화의 밭에서 자란다. 증오와 투쟁을 계속하는 동안은 행복할 수 없다. 자유를 빼앗는 것은 행복을 빼앗는 것과 통한다. 싸우면서 행복해지자는 것은 자기기만이다. 선한 목적을 말하면서 폭력을 사용하는 것은 위선이다. 이런 말들을 종합해보면 행복은 생활 관념이기 때문에 존재하기는 하나, 어디에 무엇과 같이 있느냐의 해답을 얻기는 곤란하다.

그러나 사랑이 있는 곳에는 행복이 머문다. 그 사랑이 어려움을 동반한다고 해서 포기하면 꿈은 사라진다. 인생은 고해와 같다는 말도 있다. 그러나 '사랑이 있는 고생은 더 큰 행복을 안겨준다'라는 생각을 전제로 사랑과 행복의 관련성과 위상을 살펴보았으면 한다.

　나는 한번 잠들면 아침 6시가 넘을 때까지 숙면하는 것이 보통이었는데, 그날은 야밤에 깨어 90년의 과거가 나에게 어떤 것이었는지를 생각해보았다. '그렇지! 그것이 내 한평생의 인생이었어!'라면서 일어나 서재로 갔다. 불을 켜고 적었다.

　　나에게는 두 별이 있었다.
　　진리에 대한 그리움과
　　겨레를 위하는 마음이었다.
　　그 짐은 무거웠으나
　　사랑이 있었기에 행복했다.

　내가 20년 동안 살아온 고향 송산리를 떠나 일본으로 유학을 떠났을 때였다. 처음 고향을 떠났기 때문에 집과 나를 위해 희생적인 사랑을 베풀어주셨던 어머니 생각이 간절했다. 그날 밤 꿈이었다.

　대륙과 같이 한없이 넓은 들판 한가운데 서 있었다.

내 앞에는 오래된 철로가 깔려 있는데, 기차가 지나간 흔적은 없었다. 철로 서쪽 끝을 바라보았더니 저 먼 곳까지 이어져 있었다. 맞은편도 마찬가지였다. 끝이 보이지 않는 곳까지 연결되어 있었다. 나는 이런 거리를 '무한'이라고 부르는가 싶었다. 그러면서 서쪽을 바라보았다. 한 여인이 커다란 짐을 머리에 이고 두 손에도 무거워 보이는 짐을 든 채로 내가 서 있는 곳으로 걸어오고 있었다. 속으로 중얼거렸다. '기차도 안 다니는 이 멀고 끝없는 길을 떠나지 말지, 목적지가 있는 것 같지도 않은데…' 그 여인의 그림자가 어느 사이엔가 점점 더 가까워졌다. 너무 힘들어서 쓰러질 것 같기도 했다. 도와주기 위해 가까이 다가갔다. 자세히 보니 다른 사람이 아닌 내 어머니였다. 나는 울었다. "어머니, 이 먼 길을 오시다니요? 또 이렇게 무거운 짐을 지고요? 그 짐 하나는 제가 들어드릴게요!"라고 했다. 어머니는 정말 힘들다는 듯이 겨우 눈빛을 내게로 돌리면서 "이것들은 내가 갖고 가야 할 내 인생의 짐이고, 너에게는 또 네가 져야 할 인생의 짐이 있다. 나는 힘들어도 그대로 가야겠다"라면서 내 앞을 지나려고 했다. 나는 나도 모르게 소리 내어 울었다. 내 울음소리에 깨어났다. 꿈이었으나 한참은 가슴속으로 울었다.

생각해보면 무거운 짐을 지고 허락된 시간을 걷는 것이 인생일지 모른다. 어렸을 때 부친에게 석가가 출가한 이유를 들으면서 철이 없었으나 공감했다. 나는 철들면서는 아버지를 모시지 못했다. 38선 때문이다. 어머니는 오랫동안 모시고 지냈다. 그런데 남다른 고생을 하면서도 모친과 함께 있을 때는 한 번도 불행하다는 생각을 하지 않았다. 사랑의 짐을 지고 살았기 때문에 우리는 행복했다. 어머니는 70을 넘긴 나에게 유언을 했다. "힘든 일도 있었지만 너와 온 가족이 함께 있어서 행복했다. 내가 너를 도와주지는 못하겠지만 네 처까지 떠나게 되면 집이 비게 될 것이 걱정이다"라고 한 것이 어머니의 마지막 말씀이었다. 눈을 감을 때까지 아들을 사랑했기 때문에 어머니는 행복했고, 장성한 나이가 되어서도 어머니를 사랑할 수 있었기에 나도 행복했다. 모친과 나는 70 평생을 사랑 속에 살았기 때문에 어느 모자 관계보다도 감사했다.

나는 학문적으로 업적을 남기지는 못했다. 그러나 학

문과 진리를 사모하고 사랑했다. 그래서 행복했다. 광복을 맞이하고 2년 동안은 북에서 살았는데, 그 어려움을 겪었기 때문에 자유가 목숨보다 귀하다는 것을 깨달았다. 내 초등학교 친구들 중에는 김일성의 외가 쪽 인척들이 있었다. 그중 강면석 군은 북에서 죽었다. 반공분자로 몰려 감옥에서 눈을 감았다. 시신을 집으로 옮겨다 옷을 갈아입히는데, 그는 나무젓가락으로 만든 십자가를 옷 속에 품고 있었다. 칠골 교회를 담임했던 김오성 목사는 그 십자가를 교인들에게 보이면서 예수님과 자유를 사랑한 순교 정신이라고 설교를 했다. 그래서 나는 대한민국에 대한 사랑을 잊을 수 없다. 그 시련과 고난의 기간이 나를 오늘의 나로 자라게 해준 것이다. 사랑이 있었기에 행복했고, 지금도 시련과 고생의 짐을 감당할 수 있어 더 큰 행복을 누리고 있다.

한 인간이 세상에 태어났을 때 주어진 책임은 무엇인가. 인격의 완성을 위해서는 더 많은 것을 배워야 한다. 더 많은 일을 해야 한다. 대나무가 자랄 때는 마디마디가 완벽해야 큰 나무로 완전해진다. 그 어떤 마디라도 약해지거나 구실을 못하면 그 마디가 병들고 부러지기 때문에 나무 구실을 못한다. 그 주어진 책임은 누구에게나 있다. 게으르거나 삶의 가치를 모르는 사람은 그것을 고생이라고 생각한다. 그러나 나의 인간 됨을 사랑하고 값있는 인생을 원하는 사람은 그것을 즐거운 인생의 의무라고 여긴다. 어떤 사람들은 올라가는 노력이 고생이라고 생각해 편하게 내려가는 길을 택한다. 그러나 결국 그가 도달하는 곳은 어둡고 컴컴한 계곡이다. 많은 사람은 편안히 즐기기 위해 평탄한 길을 택한다. 땀을 흘리지 않으려 한다. 그러나 도달하는 곳은 출발한 곳과 변화가 없다. 하지만 자신의 인생과 인격을 사랑하는 사람은 올라가는 길을 택한다. 등산을 즐기듯이 노력과 성장을 즐긴다. 그 남모르는 즐거움이 행복인 것이다. 그가 올라서는 곳은 높은 산의 정상일 수도 있다. 그 정상에서 멀리 세상을 내려다보는 사람의 행복은 희열에 가까운 것이다.

나는 두 친구와 같이 여행을 하다가 스위스 제네바까지 가 머문 일이 있다. 내 주장은 모처럼의 기회니까 알프스까지 올라가자는 것이었는데, 동행했던 안병욱 교수는 피곤한데 하루는 쉬자는 생각이었다. 때마침

호텔에 들렀던 이한빈 주 스위스 대사가 가는 경로까지 가르쳐주면서 열차와 엘리베이터를 이용하니까 염려 말고 융프라우 봉까지 다녀오라고 했다.

산 밑의 시내는 더운 여름이었는데, 한참 올라가니까 가을 풍경으로 바뀌었다. 다시 한두 정거장까지 등산 열차로 올라가니 봄의 경관이 펼쳐졌다. 양들이 풀을 뜯어먹고 있었다. 거기에서 등산 열차가 끝나고 승강기를 타고 올라가 정상에서 내린다. 4,200미터의 고지다. 그 정상보다 더 높은 봉우리도 있으나 올라갈 수가 없었다.

정상에서 보는 하늘과 계곡을 메우고 있는 빙하들, 산 밑을 흘러 지나가는 구름 떼들, 세상에 태어나서 그런 장관을 처음 보고 체험했다. 넋을 잃고 심취되어 시간을 보냈다. 같이 갔던 한우근 교수가 "이제 더 늦기 전에 내려가야 할 것 같다"라고 했다. 올라갈 필요가 없을 것 같다고 말했던 안병욱 교수는 "이렇게 장엄한 경치와 세상을 남겨두고 어디로 가나, 차라리 여기서 죽었으면 좋겠다"라고 할 정도였다. 산 밑으로 와서 기차를 탔다. 자리를 같이했던 등산객들이 등산 열차를 탔느냐고 물었다. 그랬다고 했다. 옆 사람이 "그게 무슨 등산이냐"라며 "우리 셋은 걸어서 올라갔다가 내려왔는데, 그 맛은 모를 것"이라고 말했다. 도보로 고생한 등산객의 즐거움과 만족스러운 행복은 편히 다녀온 우리와 비교가 안 되었을 것이다.

성공과 영광과 행복을 누리는 사람은 그런 인생을 선택하는 사람일 것이다. 경험해보지 못한 사람은 그것을 공연한 고생이라고 생각한다. 그 과정의 즐거움이 있었기 때문에 정상의 기쁨은 더했을 것이다.

사랑이 있는 고생의 역사, 사회적 가치와 의미도 중요하다. 나는 우리 민족이 오늘만큼의 성장과 역사를 건설한 것은 3·1운동 때부터라고 생각한다. 3·1운동 이전까지는 우리 선조들의 생활 단위가 나와 가족의 울타리를 벗어나지 못했다. 그러다가 3·1운동을 겪으면서 삶의 단위가 나와 국가의 단위로 올라선 것이다. 그때부터는 국가와 민족이 먼저고, 가정과 나는 국가 안에서 겨레와 더불어 살아야 한다는 교훈을 받아들이게 되었다. 그것이 해방으로 이어졌다. 6·25전쟁을 겪으면서는 나의 운명은 민족의 운명 속에 있다는 사실을 체험했다. 그 민족적 원동력이 오늘의 현실을 열매 맺게 했다.

우리가 체험해온 모든 역사적 과정이 나라와 겨레를 위한 사랑이 있는 노력과 고생이었다. 나 같은 사람은 서북 지역이 고향이었기 때문에 도산 안창호와 고당 조만식의 애국심과 더불어 성장했다. 도산이 교회에서 한 마지막 강연을 평생 잊지 못하고 있다. 고당은 김일성 정권에 항쟁하다가 말년에는 평양시 도심에 있는 고려호텔에 연금되었다. 외출은 물론 일체의 면회까지 허락되지 않았다. 고당은 자신의 운명적 종말을 예감했던 것 같다. 마지막 면회를 온 부인에게 커다란 흰 봉투를 전해주면서 애들은 자유로운 세상에서 살아야 하니 38선을 넘어 서울로 가라고 했다. 그 봉투 안에는 자신의 머리카락이 들어 있었다. 자기가 죽었다는 사실이 전해지면 빈 관으로 장례를 치를 수가 없으니까 유언 아닌 유품을 남겨주었던 것이다. 고당은 6·25전쟁 때 세상을 떠났다. 그 사실을 확인한 고당의 가족들과 애국 친지들이 그 뜻에 따라 장례를 치렀다.

지도자들만이 그런 건 아니다. 해방 후부터 6·25전

쟁을 겪으면서, 민주와 투쟁을 성공시키면서, 얼마나 많은 애국과 애족의 희생을 계승해왔는가. 나는 지금도 피곤하고 힘들어도 동작동과 대전에 있는 현충원을 찾아가곤 한다. 우리를 위해 사랑의 희생을 대신한 분들의 안식처다. 4·19민주묘지도 그중 하나다. 광주 망월동의 국립5·18민주묘지와 부산 대연동의 재한유엔기념공원도 그렇다. 그분들의 사랑의 희생이 있어 오늘 우리들의 행복이 유지되고 있다. 고귀한 사랑은 희생을 동반하기 때문에 더 큰 행복의 원천이 되는 것이다.

나는 사랑이 있는 곳에는 언제나 행복이 함께했다는 사실을 체험했다. 사랑의 척도가 그대로 행복의 기준이 되곤 했다. 그래서 행복을 염원하는 사람에게 "나는 행복했습니다. 여러분도 사랑을 나누십시오"라는 인사를 드린다.

모두가 행복하길 바라기 때문이다.

우리, 행복합시다

3부

진실과 사랑이
남는다

어머니의 사랑의 씨앗

내 부친은 좀 과장해서 말하면 신화시대를 벗어나지 못했을 정도로 추상적이고 독서와 사색을 즐기는 편이었다. 신체적 건강은 몹시 허약했다. 그와 반대로 모친은 완전히 현실적이어서 일을 좋아했고 드물게 나타나는 건강 체질이었다. 육남매 중에서는 나만 왜소하고 병약하게 태어났다.

집에 손님이 오면 모친은 언제나 "우리 큰아들은 나를 닮았으면 키도 크고 건강했을 텐데, 아버지를 닮아서 저렇다"라고 불만이었다. 그러다가 내가 50세를 넘기면서부터는 건강도 정상화되고 다른 사람들보다 일울 더 많이 했다. 모친은 그것을 확인한 뒤부터는 "우리 큰아들은 키도 작고 약해 보이지만 나를 닮아서 건강은 해요. 아파서 눕는 일도 없고…"라면서 말을 바꾸곤 했다. 사실이 그렇기도 하지만 자녀들의 좋은 점은 자신을 닮았다는 생각을 갖고 싶었던 모양이다.

90세가 넘은 후에는 고향 사람들이 찾아와 "어머니, 100세까지 사셔야 고향에 가실 테니까 오래 사세요"라고 인사를 했다. 어머니는 "싫다. 그렇게 오래 고생할 생각은 없다. 내 나이가 돼봐라. 하루하루가 힘들고 자녀들에게 짐이 될 것 같아 걱정이란다. 90까지 살았으면 감사하지"라고 말했다.

그러다가도 손주들이 핑크빛 재킷이나 예쁜 바지라도 사다 주면 반갑게 받으면서 "고맙다. 이것들은 간직해두었다가 이다음에 입으련다"라고 했다. 애들이 "할머니, 그때는 새롭고 더 좋은 것이 생길 테니까 입으세요"라고 해도 "지금 입는 것이 아까워서 그런다. 물건은 쓸 수 있을 때까지는 버리지 말아야지"라고 했다. 애들이 "할머니는 200세까지 살고 싶은 모양이에요!"라고 하면 모친은 "그렇게 오래 사는 사람이야 있나?"

하면서 환하게 웃곤 했다.

장수가 신체적으로는 부담스럽다. 그래도 오래 살고 싶은 본능을 버리지 못하는 것이 인생이다. 지금의 나도 마찬가지로 삶을 이어가는 것 같다.

내가 애들 여섯을 키우면서 고생하는 것이 어머니는 안쓰러웠던 모양이다. "걱정하지 마라. 사람은 누구나 정직하게 열심히 일하면 자기가 먹을 것은 다 타고나는 법이란다"라고 위로해주었다. 지금은 애들 여섯의 가족이 모두 제 구실을 하고 있다. 슬하의 가족을 합치면 30명이 넘는다. 한국과 미국에 살고 있다. 의사, 교수, 법조인 등만 17명이 된다. 모두 사회에 작은 봉사라도 하는 셈이다. 어머니의 교훈이 옳았다고 생각한다. 최고의 경제 이론이다.

내가 어렸을 때는 뜰 안에 암탉이 병아리들을 몰고 다녔다. 모친은 모이를 주면서 "많이 먹고 빨리 커라" 했다. 내가 "빨리 크면 뭐 하시게요?" 했더니, "그래야 너희들이 고기도 먹고 달걀을 받을 것 아니냐?"라면서 자연스레 웃곤 했다.

그 어머니가 77년 동안 나를 극진히 위해주다가 떠

나갔다. 그 사랑의 씨앗이 내가 되었고, 나는 그 사랑을 가족과 이웃에게 나누어주면서 살아왔다.

홀로 남은 구름은 어디로 가는가

강원 양구 '철학의 집'에는 김종호 사백이 기증한 〈동행〉이라는 구름 사진이 있다. 넓은 창공에 똑같이 생긴 구름 둘이 머문 듯이 흘러가는 작품이다. 두 구름이 나와 안병욱 선생의 생애를 연상하게 한다면서 기증한 작품이다. 두 구름 사이에 잠시 머물다 간 또 한 구름에 관한 이야기가 있다.

우리가 80을 바라볼 때, 안 선생이 만성 기관지염으로 고생한다는 소식을 접했다. 그날 밤에 내가 휠체어를 탄 안 선생을 밀어주면서 언덕을 넘는 꿈을 꾸었다. 그에게 어떤 도움을 줄 수 있을지 생각했다. 36년 전에 한우근 교수와 셋이서 한 달 동안 유럽 여행을 한 기억이 떠올랐다. 1년 미국 생활을 끝내고 다닌 정말 즐거운 여행이었다. 서울대학교 사학과를 통해 알게 된 한 교수에게 전화를 걸었다. 셋이 모여 보자는 상의를 했더니 기다렸다는 듯이 기꺼이 동참해주었다.

그 후 계절마다 한 번씩 안 선생 집 부근의 한 호텔 카페에서 모여 커피도 마시고 점심을 같이하기로 했다. 지금 돌이켜보면 그 얼마 동안의 만남이 그렇게 즐겁고 행복할 수가 없었다. 세 가족도 그날은 남편과 아버지가 잔칫집에라도 가는 듯이 기다려주곤 했다. 한 교수는 우리보다 다섯 살 위지만 순박한 면이 있어 놀려주는 재미도 있었다. 한번은 내가 "한 선생을 모시러 직접 가야 하는데, 여자 손님과 약속이 있어 기사만 보내서 미안해"라고 했다. 한 선생은 "물론 그래야지. 잘했어" 하면서 약간 감탄하는 표정이었다. 기다리던 안 선생을 만나자마자 "김 교수는 우리와는 달라. 여자 친구를 만나느라 호텔에서 기다렸다가 나왔다니까…" 하면서 부러워했다. 안 교수는 내 표정을 보면서 진실인지 아닌지 살피는 눈치였다.

셋이 만나면 약속했던 3시간이 어떻게 지났는지 모른다. 여행 중에 못다 한 이야기도 나누며 고등학생 시절로 되돌아간 기분도 느꼈다. 건강, 취미, 주변 사람들 이야기, 1년간 미국에서 겪었던 일, 담배 습관 때문에 부인에게 쫓겨났다는 한 교수의 걱정과 우리의 말 못하는 위로담 등이 오갔다. 안 교수는 건강이 좋아져 요가를 즐긴다면서 실험해 보여주기도 했다. 안 선생이 주례를 맡아주기로 한 여성은 친구들과 같이 와서는 우리가 오는 날에는 자기네도 기분이 좋아진다고 했다. 우리 책의 애독자들이었다.

1999년 겨울 모임이 끝났다. 우리는 새해 2000년 봄에 다시 만나기로 약속하고 헤어졌다. 내가 한 교수의 아파트 정문에서 악수하고 헤어질 때는 한 교수도 즐거웠다는 듯이 오른손을 흔들어 보였다.

그러나 인생은 가고 세월은 남는 법. 그것이 우리 셋의 마지막 모임이 되었다. 얼마 후에 한 교수가 세상을 떠났다는 소식을 조간신문에서 보고 놀랐다.

두 구름이 잠시 셋이 되었다가 다시 둘이 되었다. 홀로 남은 구름은 어디로 가는 것인가.

연세대학과 더불어 67년을

연세대학교와의 첫 인연은 좋지 못했다. 1947년 탈북한 가을, 나는 신촌역 앞 부엌도 없는 단칸방에 세 들어 살았다. 겨울 땔감을 구하러 연세대학교 뒷산으로 갔다. 아내와 같이 솔방울을 주워 보자기에 담아들고 오다가 산감에게 들켰고, 다시는 이곳에 오지 않는다는 언약을 하고 솔방울을 갖고 내려왔다.

그 후 7년이 지났다. 피난지였던 부산에서 서울로 왔다. 중앙학교를 떠나면서 1954년 봄 학기에 세 대학교의 시간 강사가 되었다. 가을학기가 되면서 고려대학교 전임으로 교섭이 진행되고 있을 때, 연세대학교 백

낙준 총장의 연락을 받고 갔더니, 신과대학 강의는 한 학기로 끝내고 철학과 전임으로 와달라는 요청이었다. 그 언약을 받고 걸어나오다가 7년 전 산감으로 있던 정문 수위를 보았다. 산감한테는 쫓겨났지만, 총장의 명이니까 괜찮을 것이라며 웃었다. 집에 와 아내에게 취직 소식과 그 이야기도 하면서 함께 웃었다.

그렇게 맺어진 인연이 67년 동안 지속된 셈이다. 전임기간이 31년이었고, 명예교수로 36년을 보냈다. 며칠 전에는 미래대학원에서 정기적 강의 외에 대학 전교생을 위한 교양강의 녹화를 부탁해왔다. 온라인 동영상이 필요했던 것이다. 앞으로 얼마나 더 연세와의 인연이 계속될지 모르겠다.

연세대학교 식구가 되면서 연세동산의 많은 나무 중에 나도 '착한 나무'의 하나로 남겠다고 생각했다. 교수다운 교수가 되고 싶었다. 착하다는 것은 이기적인 욕심을 갖지 말라는 뜻이다. 보직이나 명예를 위한 의욕은 멀리하고 싶었다. 착한 삶은 선하고 아름다운 인간관계에서 주어진다. 가급적이면 나로 인해 교수들과 학생들의 생활이 행복해졌으면 좋겠다는 소원이었다.

나보다 더 착한 성품의 교수들을 대했을 때는 부럽기도 했다. 착하다는 것은 욕심이 적고 열매를 많이 맺는 나무를 가리킨다. 학문과 교육의 열매를 많이 남기고 싶었다.

내가 이전에 하버드대학교에 머물면서 대학채플에 참석했을 때마다, 좋은 대학교는 총장의 존경을 받는 교수가 많은 대학교라고 느꼈다. 총장은 언제나 설교를 맡은 교수를 존경했고 그러기에 교수들은 행정책임자인 총장을 존경했던 것이다. 그래서 후배들에게 '총장의 존경을 받는 교수가 되라'고 권고했다. 대학에 있을 때는 느끼지 못하지만 사회에 나오게 되면 그런 교수들이 사회 지도자가 된다.

종교계나 교육과 같은 정신계의 지도자들의 경우 권력 지향적인 욕망은 덜 갖는다. 그 대신 명예욕은 좀처럼 극복하기 힘든 것 같다. '누구는 상도 받고 명예학위도 받는데, 나는?' 하는 생각을 갖기 쉽다. 나도 그랬던 것 같다. 그러나 사회를 위해 값진 노력과 봉사를 하게 되면 그 희생적 정성에 대한 감사와 명예는 뒤따르는 법이다. 학문을 위하고 제자들을 사랑한 스승에게는 자연히 주어지는 영광스러운 선물이다. 자녀들의 성공이 부모들의 영광이듯이 제자들의 성공보다 더 큰 행복과 영예는 없을 것이다.

나의 꿈 이야기

'누군가에게 이런 일도 있었다'라는 정도로 읽어주기 바란다. 오래전 지그문트 프로이트와 윌리엄 제임스의 글을 읽은 적이 있다. 글을 읽으면서 꿈은 잠재의식 또는 무의식의 발로이기 때문에 시간의 제약은 어느 정도 받지 않는 것 같다는 생각을 했다. 그러니까 영감靈感까지는 못 되어도 예감 정도는 가능한 것이라고 생각한다. 내가 다른 사람보다 꿈을 많이 경험하는 것 같아 갖는 생각이다.

내가 열네 살이 되는 정월 초하룻날이었다. 모친이

꿈을 꾸었다. '내가 두 무릎을 팔로 감싸 안고 앉아 있다가 하늘로 올라가버리는 꿈'이었다. 어머니는 평소부터 내 건강으로 애태우곤 했다. 나도 몇 차례 경험했다. 내가 또래의 벗들과 놀다가 쓰러져 의식을 잃었다는 소식을 들은 어머니는 달려와 나를 가슴에 끌어안고 깨어나기를 기다렸다. 눈을 뜨고 보면 어머니 얼굴은 온통 땀과 눈물로 범벅이었다. 나는 그날과 다음 날은 꼬박 앓고 환자처럼 지내곤 했다. 그런 경험을 했던 모친이 할머니에게 그 꿈 이야기를 했다. 할머니는 한숨을 쉬면서 "장손이 금년에는 죽을 팔자인 것 같다. 왜 그런 꿈을 꾸었느냐"라고 원망하다가 "할 수 없지"라는 말을 남겼다.

그런 사실을 몰랐던 나는 그해에 중학생이 되었다. 그해 크리스마스, 철없는 어린 나이에 기독교 신앙을 갖게 되었다. 평양 숭실전문학교 학생들을 위한 신앙 부흥회가 일주일 동안 저녁 시간에 열렸다. 그때 감리교를 대표하는 김창준 목사와 장로교의 윤인구 목사의 설교를 들었다. 그 일주일을 지내면서 나는 하나님 아버지와 예수 그리스도가 나와 함께하심을 깨달았다. 그 후 많은 신앙적 노력과 성장을 거듭하면서 오늘까지 부족하지만 나름대로의 신앙생활을 계속하고 있다.

후에 어머니의 꿈 이야기를 전해 들으면서 그 꿈은 나의 죽음이 아니고 신앙적 탄생에 관한 것이라고 믿었다. 의학 상식을 풍부히 갖고 계셨던 아버지도 나의 건강은 신앙과 연계되어 있다고 믿고 계셨다. 나를 위해 많은 기도를 드렸기 때문이다.

1945년 8월 14일, 저녁을 먹고 아무 생각도 없이 잠에 들어 꿈을 꾸었다. 평양 서남쪽에 있는 진남포 해변가에 있었다. 누구의 안내도 없었는데 중학생 때부터 나를 사랑으로 키워준 마우리E. M. Mowry(한국명 모의리) 선교사님이 있었다. 나는 말없이 그를 따라 해변에 세워져 있는 널판으로 된 크고 높은 두 채의 창고 앞으로 갔다. 선교사님이 창고 문을 열어주면서 보라고 했다. 창고 안에는 일본인들의 시신이 산더미같이 쌓여 있었다. 깜짝 놀라 선교사님을 쳐다보았다. 선교사님은 다시 옆 창고로 갔다. 그 안에는 바닷물을 마셔서 그런지 비대해진 시체들이 쌓여 있었다. 들쳐 보았더니 내 일본 대학 동창들도 함께 섞여 있었다. 군에 입대했던 친구들이다.

너무 놀라 꿈에서 깨어났다. 상상도 못했던 장면이었다. 온 가족이 잠들어 있었기 때문에 그대로 잠을 청했다. 새벽녘에 다시 꿈을 꾸었다.

내가 집 앞에 서 있었다. 시간대는 모르겠는데 저녁 때였다. 왠지 내가 새로운 역사 무대를 찾아 나왔다는 인상이었다. 저녁 무렵, 커다란 태양이 서쪽 산 반대편인 동쪽으로 내려가고 있었다. 왜 태양이 동쪽 산 아래로 지는지 모르겠다고 생각했다. 너무나도 거대한 해였고 동쪽 산 뒤로 사라져가고 있었다. '해는 지는데 나는 어떻게 하지'라고 생각했다. 그런데 나는 소에 연장을 매달고 밭을 갈고 있었다. 한없이 넓은 밭이어서 갈아도 갈아도 끝이 없을 것 같았다. 그래도 어두움이 짙어지기 전에 갈아야겠다고 생각하면서 연장을 쥔 채로 꿈에서 깨어났다. 내가 손에 쥔 연장을 느낄 정도로 선명한 꿈이었다.

조반을 먹으면서 아버지에게 꿈 이야기를 했다. 내이야기를 듣고 계시던 부친이 "옛날 내가 네 나이쯤이었을 때 꿈을 꾼 일이 있었다. 들에 나가 서 있는데 동쪽 산 위로 작은 태양들이 계속 떠올라오더니 온 세상에 가득 차는 꿈이었다. 그리고 한일합방이 되면서 일장기가 들어와 세상을 뒤덮는데, 꿈대로 되더구나. 네 꿈이 몹시 이상하니 오늘 일찌감치 평양으로 가 어떤 소식이 있는지 알아보아라"라는 부탁을 했다.

곧장 평양 시내에 있는 누이동생 집에 들렀다. 아무 변화도 없었다. 있을 리가 없었다. 번화가인 시청 앞에서 전차가 잠시 멈췄을 때였다. 길가에 있는 가게에서 라디오 방송이 들려왔다. 일본 천황의 중대 방송이 있다는 소리였다. 전차에서 뛰어내려 가게 앞으로 갔다. 내용은 간단했다. '이 시각부터 일본은 전쟁을 멈추고 항복한다'는 내용이었다. 너무나도 갑작스러워 잠시 생각해보아야 무슨 뜻인지 알 수 있을 것 같았다. '일본이 항복하고 전쟁이 끝나면 우리는 어떻게 되는 것이지?' 일제에서 해방되고 독립 국가로 다시 출발할 수 있겠다고 생각했다.

후에 꿈과 생각을 정리해보았다. 진남포는 바닷가다. 태평양전쟁은 미국의 승리로 끝났다. 태양은 동쪽으로 다시 돌아갔다. 밭을 간다는 것은 마음의 밭이다. 교육계에 헌신해보자는 뜻을 다짐했다. 나는 오늘까지 그 일을 계속하고 있다.

1950년 1월 1일 새벽이었다. 짧기는 하지만 놀라운 꿈을 꾸었다. 집 앞에서 이상한 소리가 들려와 밖으로 나왔다. 북쪽으로부터 중무장을 한 군대가 행렬을 이루어 남쪽으로 내려오고 있었다. 상당히 넓은 길인데 길 가득히 전투복과 군화의 행진이 한없이 이어졌다. 무슨 일인가 하고 멀리 북쪽을 바라보았다. 글씨는 보이지 않았으나 소련 스탈린의 엄청나게 커다란 사진이 배후에 걸려 있었다. 직감적으로 공산군이라는 것을 깨달았고 그 엄청난 위력에 놀라서 깨어났다. '전쟁인데…'라는 예감이 들었다.

생각 없이 잊고 있다가도 금년은 그런 사건 없이 지나기를 바라는 마음이었다. 6월 25일 낮이었다. 매주 주일 오후 2시, 시청 옆 덕수교회에서 몇 학생들과 성경 공부를 하고 있었다. 갑자기 서울 시내가 온통 아수라장같이 혼란스러웠다. 휴가 나왔던 군인들은 원대

복귀하라는 전갈이었고, 휴전선 일대에서 전투가 벌어졌으나 곧 진정될 것이라는 방송이었다. 나는 전쟁이 터졌다고 직감했다. 학생들과 성경 공부를 끝내면서 우리와 대한민국을 보호해달라는 기도를 드리고 헤어졌다. 어쩌면 우리 모임도 마지막이 될 것 같았다. 불안한 마음으로 돌아가는 학생들의 안전을 기원했다.

다음 날 월요일 아침, 학교로 나갔다. 심 교장에게 "이 전투는 전쟁이 될지도 모르니까, 은행에 예치해둔 예금을 모두 찾아 3개월치의 봉급을 선불해주었으면 좋겠다"라는 제안을 했다. 그런 생각을 어떻게 하게 되었는지 나도 모른다. 누구도 상상할 수 없는 제안이었다. 취임한 지 2년 반밖에 안 되는 30세의 젊은 교사인 내 제안을 받아준 교장과 교주였던 인촌 김성수 선생께 지금도 감사드리는 심정이다. 그 뜻이 이루어져 중앙중고등학교 교직원들은 3개월 동안 전쟁의 소용돌이 속에서도 잘 지낼 수 있었다. 나는 3개월 동안 부산으로 피난을 갔다 돌아왔다. 내 가족 넷은 전화를 피할 수 있었다. 그런 일을 계기로 나는 부산 분교의 책임자가 되었고 인촌 선생을 모시면서 인생의 소중한 가르침을 받을 수 있었다.

개인적인 두 가지 이야기를 추가하고 싶다.

부산 피난 때였다. 경남 진영에 있는 한얼중고등학교를 방문했다. 내가 고향에서 책임을 맡고 있던 중학교와 비슷한 성격의 학교였다. 방학 때여서 서울에서 내려와 있던 선생들과 강성갑 교장 사모가 연접해주었다. 늦은 오후였다. 사정이 허락되어 며칠 머물면 나에게도 도움이 될지 모르겠다는 생각이 들었다. 대화를 나누다가 늦게 잠들었다. 새벽이었다. 꿈에 북한에 있는 막내 누이동생이 갑자기 나타나면서, "오빠! 여기가 어디라고 오셨어요? 잠에서 깨는 대로 곧 떠나가세요"라는 말을 남기고 사라졌다. 꿈에서 깨어나면서 당황했다. 그래서 일어나 서둘러 떠나기로 했다. 새벽이었다. 교정에 나섰더니 강 교장 사모가 놀라면서 조반이라도 들고 가라고 권고했다. "다시 기회가 생기면 찾아뵙겠다"라는 인사말을 남기고 떠났다.

다음 날 오후였다. 신문에 강 교장을 포함한 10여 명이 친북좌파라는 명목으로 낙동강 백사장에서 처형되었다는 기사가 났다. 그 사건이 문제가 되어 오랫동안 조사와 재판이 계속되었다. 결국은 진영경찰서장이 사사로운 감정과 자신의 비리를 감추기 위해 무고한 사람들까지 처형한 것으로 알려져 사형집행까지 당하는 사건으로 종결되었다.

또 하나의 사건은 4·19혁명이 벌어진 해 가을의 일이다. 그때 나는 연세대학교 분규 사건으로 고민하고 있었다. 나의 장래와 대학의 정상화를 위해 문과대학 교수들과 합숙 농성으로까지 사태가 진전되었고 불행하게도 몇 학생들은 경찰의 조사를 받는 중이었다. 하루는 밤 깊은 시간에 잠들었는데, 한 번도 꿈에 나타난 적이 없는 아버지가 내 옆에 다가와 '크게 걱정하지 마라. 너 자신보다 대학을 위해 하는 일이라면 잘 해결될 것이다'라는 위로의 말을 하셨다. 그 배후에는 '하나님께서 하시는 일이다'라는 뜻이 깔려 있었다. 나는 그 때문에 편한 마음으로 대처할 수 있었다. 그해 크리스마스이브에 학생들은 모두 무혐의로 석방되었고 나는 감사의 기도를 드렸다. 그런 사태를 겪으면서 대학 측에서는 나에 대한 오해도 풀고 1년간 미국에 교환교수로 가게 하는, 분에 넘치는 혜택을 베풀어주었다.

이런 일들을 경험해오면서 갖게 된 생각은, 꿈은 때로는 어떤 미래 사건에 관한 예감이나 영감을 느끼게 해준다는 것이다.

그리운 나의 아내

양구 '철학의 집'에 들렀을 때였다. 40대쯤으로 보이는 한 부부가 나와 아내의 사진을 보면서 "늙어서도 저렇게 다정스레 사진을 찍을 수 있을까. 사모님이 교수님을 더 좋아하신 것 같다"라면서 웃고 있었다. 속으로는 '젊었을 때라면 모르겠는데, 좀 지나친 포즈 같다'는 이야기로 들렸다. '옛날 부부 같으면 독사진으로 찍어서 가지런히 걸어놓았을 것 같은데….' 나도 그런 생각을 해본다.

아내는 같이 사는 동안 남다른 습관이 있었다. 애들 앞에서는 자기가 나보다 더 잘나고 훌륭하다는 인정을 받고 싶어 했다. 밖에서는 아버지지만 실은 본인이 더 위라고 할까, 그런 자세였다.

추석이나 설 때가 되면 아내가 화투치기나 윷놀이를 하자고 청한다. 즐거운 시간을 갖기보다는 자기가 이기는 쾌감을 느끼고 싶은 듯했다. 물론 내가 이긴다. 그러면 한 번 더 하자면서 물러서지 않는다. 할 수 없이 내가 져주어야 끝난다. 밤을 새우더라도 이길 때까지 끌고 갈 테니 말이다. 아침에 애들이 누가 이겼느냐고 물으면 아내는 기다렸다는 듯이 "내가 이겼지"라고 자랑한다.

일요일 아침이 된다. 나는 다른 일이 있어 가족들과 같이 교회에 가지 못하는 때가 있다. 아내는 "너희들 아버지가 왜 우리와 같이 교회에 못 가는지 모르지? 나는 집사를 넘어 권사까지 됐는데 아버지는 집사도 못 됐거든. 그래서 창피해서 못 간다"라고 설명한다. 그런 심정을 잘 아는 딸아이가 "우리도 엄마가 최고라는 것 잘 알아"라면서 웃는다.

한번은 또 웃기는 사건이 있었다. 우리 교회가 시골에 있는 개척교회를 도와주는데, 뜻이 있는 사람이 풍금을 기증해주었으면 좋겠다는 광고를 했다. 아내가 생각하다가 친구인 K 권사에게 우리 둘이서 도와주었으면 좋겠다는 합의를 보고 약속했다. 그래서 목사님을 통해 K 권사와 아내가 돕겠다는 뜻을 전했다. 그러다가 아내가 자기 이름보다는 남편인 내 이름을 쓰는 것이 좋겠다고 생각했다. 그래서 기증자 중 한 사람은 내가 된 것이다.

몇 달이 지났다. 목사님 내외와 여러 교우들이 그 개척교회를 방문했다. 교회 전도사가 기증받은 풍금을 보여주는데, 풍금 후면에는 김형석 군과 K 양이 결혼 기념으로 기증해준 것이라고 쓰여 있었다. 모두가 큰일났다는 듯이 웃었다. 전도사는 신혼부부가 기증한 것으로 잘못 생각했던 것이다. 난처해진 이는 내 아내와 K 권사였다. 그날 저녁 때였다. 아내는 가정예배를 끝내고 "얘들아, 만일 아버지가 우리 가족들 몰래 다른 여자와 결혼을 했다면 어떻게 하면 좋겠니?"라고 말을 꺼냈다. 나와 애들은 아내의 천연스러운 표정을 보면서 무슨 영문인지 몰랐다. 아내는 "내가 오늘 목사님을 따라 개척교회까지 갔는데, 거기 놓인 풍금에 신랑 김형석 군, 신부 K 양이 결혼기념으로 기증했다고 쓰여 있어 놀랐지 뭐니"라고 해 모두가 한바탕 웃었다.

1980년은 나와 아내가 회갑을 맞는 해였다. 연초에 나와 아내가 미국으로 가 여러 가족이 휴스턴에서 만났다. 독일에 있던 큰아들과 미시간에 있던 둘째 아들도 동석했다. 회갑기념 잔치가 있었고, 며칠 후에 워싱턴으로 갔다. 그곳에서는 큰딸 가족이 살았고 막내딸이 결혼식 준비를 갖추고 있었다. 내 일정은 여러 차례 들렀던 한인교회의 신앙집회를 도와주고, 막내의 결혼식에 동참하는 순서였다. 결혼식을 끝내고 딸아이가 신혼여행을 떠났다. 그날 밤, 아내는 "이제는 내가 할 일은 다 끝낸 것 같아요. 우리 이다음에 여섯 애들 집을 찾아 두 달씩 머물면 1년이 지나곤 하겠지요?"라면서 웃었다. 웃으면서도 눈물을 닦고 있었다.

아내는 한없이 행복한 표정이었다. 앞으로는 우리 둘만 행복해지면 더 부러울 것이 없겠다는 마음 같았다. 뉴욕까지 가 아들들도 다 보내고 교회 설교도 성황리에 끝냈기 때문에 둘이서 캐나다 토론토로 향했다. 아는 분들이 반겨주어 객지에서도 우리 집 같은 분위기가 되었다. 3일간의 교회 집회도 예상 못했던 만족과 감사의 결과였다. 하루를 쉬고 밴쿠버로 떠날 준비도 끝났다. 몇 사람이 찾아와 모였을 때였다. 정 선생이 기념사진을 찍으면서 우리 부부의 사진도 찍었다. 그 사진이 양구에 걸려 있었던 것이다.

나는 그 사진을 볼 때마다 아내가 거듭했던 말을 잊지 못한다. "이렇게 행복해도 좋을지 모르겠어요. 오래 계속되었으면 좋겠는데…." 시애틀, LA, 샌프란시스코를 거쳐 집에 돌아올 때까지 우리는 즐거웠다. 아내는 세상에 태어나 최고의 행복을 누린다며 기쁨과 감사의 감정을 감추지 못했다.

그런데 1년 후에 아내는 병을 얻어 그 행복은 다시 돌아오지 못했다. 지금도 그 마지막 사진을 볼 때면 아내는 행복의 절정에 있을 때 자신도 모르는 어떤 예감을 안고 있었던 것 같다는 생각을 한다.

정진석 추기경을 보내면서

2021년 4월 마지막 주 수요일 아침이었다. 신문 1면에 '정진석 추기경이 90세로 선종했다'는 기사가 실렸다. 대학 후배였던 김수환 추기경이 먼저 간 지 11년 만이다. 양구 '철학의 집'에는 두 추기경의 사진이 아직도 남아 있는데….

나는 일찍부터 장로교 분위기에서 자랐다. 그 때문일까, 내 신앙 밑바탕에는 제삼자는 모르는 장로교 기질이 남아 있다. 교조적인 분위기에 자유로운 여운이 가해졌고, 권위의식보다 정서적인 풍부성이 더해졌는지 모른다.

지금까지 존경스러운 목사님 두 분과 같이 지냈다. 한 분은 기독교장로회의 김재준 목사님이었고, 다른 한 분은 영락교회의 한경직 목사님이었다. 한경직 목사님과는 월드비전 이사로 있으면서 이사장으로 모시고 지냈다. 김재준 목사는 한국신학대학 학장으로 계실 때 내가 강의로 도와주면서 지냈다. 김재준 목사는 학자답게 많은 신학자를 배출했고, 한경직 목사는 많은 목회자를 키워준 공로자였다.

김재준 목사의 1주기 기념 강연회에는 후계 목사님이 있는데도 내가 직접 초청 강연을 맡기도 했다. 신앙 사상적으로는 내가 더 김 목사에 가까웠던 것 같다. 두 분 외에도 감리교신학대학교의 홍현설 학장, 중앙신학교(현 강남대학교)를 설립했던 이호빈 목사는 후에 강원도에서 농촌운동을 계속한 분이다. 이런 분들의 직간접적인 신앙적 영향을 받으면서 지냈다.

그런데 이상하게도 사회적으로는 나와 김수환 추기경, 그리고 정진석 추기경의 관계가 더 널리 알려져 있다. 주님의 뜻이었기에 인연보다는 섭리였을 것이다.

김수환 추기경은 돈독한 천주교 가정에서 자라 성직

자의 꿈을 안고 가톨릭 대학인 일본 조치대학교로 오면서 나의 후배동창이 되었다. 그러나 주어진 기간 동안 행복한 대학생활은 지내지 못했다. 김 추기경은 학도병을 거부하고 피신하는 처지가 되었다. 먼 후일 나는 연세대학교 철학과 교수가 되었다. 김수환 후배는 신부가 되었고 한국은 물론 천주교계의 존경받는 추기경이 되었다. 같은 대학 철학과 선후배의 주어진 인연은 지속될 수밖에 없었다. 김수환은 천주교의 대표적인 성직자이고 나는 개신교 계통의 이름 없는 평신도의 한 사람이지만, 기독교 신앙 안에서는 거리감 없는 신앙 공동체의 각 한 사람으로 남았다. 직책으로는 김 추기경은 높은 산 정상에 머물렀다. 나는 산 밑의 수많은 신도들 중의 한 사람으로 지냈다. 그런데도 우리 둘은 신앙적으로 같은 하나였다. 나도 그렇게 느꼈고 김 추기경도 선배로 대해주었다. 그러나 신앙인으로서는 상하가 없고, 주어진 신앙적 책임이 달랐을 뿐이라고 생각했다. 나는 진심으로 김 추기경의 신앙과 사회참여의 노고에 존경심을 갖고 지냈다.

나는 인제대학교에서 주는 '인성대상' 제1회 수상자

가 되었고, 다음 해에 김 추기경이 제2회 수상자가 되었다. 김 추기경은 축하객 중 한 사람인 나와 손을 잡으면서 "선배님의 뒤를 이어받아 영광입니다"라고 인사했다. 다른 것은 추기경의 복장과 누구나 입는 양복의 차이뿐, 우리 둘은 같은 주님의 제자였고 일꾼이었다고 느꼈다.

대학생 때, 한국 유학생들이 모여 찍은 사진이 있다. 맨 앞줄 오른쪽 끝자리에 내가 있고 왼쪽 끝자리에 김 추기경이 보인다. 보는 사람들이 "젊었을 때는 김 교수님이 미남자셨네요"라고 말한다. 나는 웃으면서 "내가 미남자가 아니고 김 추기경께서 좀 못생기셨지요"라고 설명한다. 확실히 그랬다. 그런데 지금 내 책상 위에 있는 김 추기경의 사진을 볼 때는 '역시 나와는 비교가 안 되는 성직자다운 모습이네' 하고 부러워한다. 고민하는 철학도의 내 표정과는 차원이 다른 무엇인가를 보여준다.

내가 중앙중고등학교 교사로 부임한 27세 때, 정진석 추기경은 내 담임반의 제자이기도 했다. 정중하고 공부에 열중하는 모범생이었다. 고등학교 졸업을 하면서 서울대학교의 화학공학과 학생이 되었다. 그해에 6·25전쟁이 벌어졌다. 전쟁의 비참한 현실을 겪으면서 심중에 잠재해 있던 신앙심이 피어올랐던 것 같다. 그는 과학도의 길을 떠나 신앙인의 사명을 느꼈을 것이다. 혼자 계신 모친을 모시고 있었으나 어머니의 허락을 받고 사제가 되기를 결심했다. 후에는 청주에서 사목생활을 했고 김수환 추기경의 뒤를 이어 서울 대교구의 책임자가 되었고 우리나라 제2대 추기경으로 추대되었다. 그동안 나와 만나는 기회는 적었으나 같은 신앙인의 사명감을 나누었다. 그럴 수밖에 없는 주님의 일꾼들이 되었다. 나도 김수환 추기경 때와 같이 정 추기경이 사회를 위해 많은 일을 해주실 수 있기를 기도하면서 지냈다. 정 추기경도 때로는 내가 고등학교 때 은사였음을 언론을 통해 이야기했고 나도 그가 내 제자였음을 감사와 자랑으로 삼았다. 신앙의 뜻은 하나였기 때문이다.

한번은 서울 대교구에서 시민들을 위한 강연회를 개최했다. 사회 각 분야의 연사들 가운데 내가 종교 분야 강사로 발표하는 책임을 맡은 적이 있다. 정 추기경이 은사의 강연에 참석할 것이라는 연락을 해왔다. 고맙게 생각하면서 강연장으로 갔는데, 한 사람이 찾아와 '추기경께서 꼭 참석하신다고 했는데, 갑자기 건강 상태가 좋지 못해 못 오시게 되었다'면서 추기경의 뜻을 전해주었다.

정 추기경이 선종하셨다는 뉴스를 보고 100세가 넘은 내 나이도 고려되었으나 조문객이 적을 듯싶은 시간을 살펴 명동성당으로 갔다. 안내를 받아 성당에 안치된 유리관을 통해 가까이서 생전의 모습을 다시 한번 뵐 수 있었다. 김수환 추기경 때는 마음에 무거운 작별의 심정을 느꼈는데, 정 추기경 앞에서는 눈물을 참아야 했다. 친구로 만났던 것과 제자로 지낸 차이였을까, 마치 다 자란 아들을 먼저 보내는 아버지의 마음 비슷한 감정이 깃들어 있었던 것 같다. 고이 주님의 품 안에서 안식하시기를 기도했다. 떠나면서 다시 한번 잠든 얼굴을 뵈었다. '아직도 하나님 나라를 위해 할 일이 많았는데…' 하는 뜻이 전해드는 것 같았다.

여섯 친구, 내 인생이 행복했던 이유

나에게는 초등학교 때 같이 놀던 두 동무가 있었다. 영길이는 같은 마을에서 자라면서 그림자처럼 내 뒤를 따랐다. 두 살 아래였다. 코를 많이 흘렸기 때문에 내가 닦아주면서 데리고 놀았다. 후에는 중학교 후배가 되었고 함께 일본으로 유학을 떠났다. 어른이 된 후에는 평양 맹아학교 교사가 되었으며, 목사이자 작가였던 전영택 선생의 사랑받는 서랑婿郎이 됐다. 해방 후 북에 머물게 되면서 공산당원이 되고 문교부 공직자로 일했다. 6·25전쟁 때 부인은 두 아들과 함께 서울로 남하했으나 영길이는 북에서 오지 못했다. 재혼하고 공직에 있었으나 60대의 나이로 먼저 세상을 떠났다. 나는 얼마 전까지도 꿈에서 영길이네 집을 찾아가기도 했다. 만나서 이야기를 나누기도 했다. "형님, 우리의 고향은 없어졌습니다. 자유도 사랑도 다 사라졌기 때문입니다." 꿈에서 들은 그의 마지막 말이었다.

광윤이는 칠곡의 창덕소학교에서 5, 6학년을 함께 보낸 친구이다. 광윤이 아버지가 운영하는 대장간까지 따라가 구경도 했고, 광윤이가 10리 거리나 되는 우리 집까지 따라와 놀다가 산을 넘어가는 때도 있었다. 마음씨가 착하고 고왔다. 후에 상업중학교를 졸업하고 탈북해 미국 기독교선교부에서 근무했던 것으로 알고 있다. 성년이 된 후에는 만나지 못했다. 시간이 흘러 내가 용산 삼각지 부근에 있는 교회에 설교를 맡아 갔을 때였다. 광윤이가 그 교회의 원로장로로 있었다. 인사를 나누면서 보니까 10대 초반의 얼굴 그대로였다. 역시 세파에 물들지 않은 고운 모습 그대로였다. 내 설교를 앞자리에 앉아 들으면서도 두 손을 귀에 대고 있었다. 청각이 약해진 노년기를 맞고 있었던 것이다. 여러 교우가 보고 있어서일까. 반半경어를 쓰고 있었다. 남이야

어떻게 보든지 "형석아!" "광윤이지?" 하면서 안아보지 못한 것이 후회스럽다. 교인들과 인사를 끝내면서 "또 만나자"라고 약속하고 헤어졌다. 그러나 다시 만나지 못했다. 내가 무성의했던 것 같아 마음이 아프다.

중학교에 입학했을 때부터 대학교를 졸업할 때까지 함께 자란 두 친구가 있었다. 북에서는 허갑으로 알려진 경남 군과 박치원 군이다. 허 형의 부친은 장로였고, 박 군의 아버지는 목사였다. 내가 두 친구보다 1년 늦게 일본 유학을 떠난 것도 두 친구의 권고 때문이었다. 허 군은 경제학을, 박 군은 나와 같은 대학에서 독일문학을 전공했다. 그러나 불행하게도 태평양전쟁이 발발하면서 우리는 서로 헤어져야 했다.

내가 일본에서 학도병 문제로 고민하고 있을 때, 허 군이 꿈에 나타나 "이곳 만주는 더 위험하니까 일본에서 피신하라"라고 권고하기도 했다. 해방 직후였다. 모교인 숭실중학교에 있는 평양 거리를 지나다가 길 맞은편에서 내게로 뛰어오면서 "형석이 아니야?" 소리치는 사람이 있었다. 바로 허 군이었다. 그러나 허 군은 그동안 나와 다른 선택을 하고 있었다. 만주 연안으로 피신했다가 한글학자 김두봉 밑에서 공산당원이 되어 귀국했던 것이다. 후에 공산당 선전부장이 되어 숭실전문학교 2층에 사무실을 차지하고 활약했다. 그러나 김일성 세력에 밀려 공산당원 교육기관으로 좌천당했다. 후에는 반대파에 의해 아오지 탄광으로 가는 신세가 되어 스스로 목숨을 끊었다는 소식을 전해 들었다. 공산당 내부의 계파싸움에 앞장선 것이 원인이었다. 족히 그럴 만한 열정의 소유자였다.

박치원 군은 좌파 언론인으로 유명했던 박치우의 동생이다. 그 당시 경성제국대학교에는 한국 수재 셋인 유진오, 이강국, 박치우가 있었다. 동생인 치원 군은 서울대학교 독어독문학과 교수로 있을 때 만났다. 서로 우정의 깊이는 느끼면서도 이전같이 다 털어놓고 이야기하기는 힘들었다. 박 군도 자신의 정치적 신분은 밝히지 않았다. 얼마 후에 6·25전쟁이 발발했다. 박 군은 아버지보다는 형의 정치노선을 따라 월북했다. 그 후의 소식은 듣지 못했다. 미국 국회도서관 한국 분야 책임을 맡고 있던 양기백과 함께 여러 분야의 문건과 소식을 찾아보았으나 허사였다. 북한은 자유를 아는 지성인이 살 곳이 못 된다는 생각을 했다.

이렇게 두 친구와도 헤어졌다. 남과 북의 정신적 거리가 그렇게 절대적인 줄은 몰랐다. 내 수필 속에 나오는 이야기가 생각난다. 허 군이 실연에 빠져 고뇌하고 남긴 말이었다. "김 형은 사랑을 못 해봤구만. 아무리 내가 아픈 상처를 안고 살아도 사랑하는 사람의 자유를 빼앗을 수는 없는 것이 사랑이야."

6·25전쟁은 내 30대 초반까지의 인생을 허무하게 만들었다. 그러다가 친구도 없는 혼자의 길을 걸어야 했다. 전쟁 후에 내가 연세대학교에 부임하면서 새로운 두 친구가 나타났다. 〈사상계〉에서 일하던 안병욱 교수가 연세대학교에 합류하게 되었고, 미국에서 학위를 마치고 귀국한 김태길 교수까지 내가 연세대학교로 직접 초빙하는 기회가 찾아왔다. 후에 안 교수는 숭실대학교로 자리를 옮겼고, 김태길 교수는 모교인 서울대학교로 적을 옮겼으나 우리 셋 모두가 철학계의 중책을 감당하기 시작했다. 1960년대부터 30~40년간 우리 셋이 쏟은 노력은 '철학계의 삼총사'라는 칭호를 받는 결과를 낳았다. 50년간의 우정의 열매로 남았다.

김태길 교수는 90세를 맞이하면서 우리 곁을 떠나 고향에 잠들었다. 안 교수와 나는 실향민이다. 강원도 양구의 유지들이 휴전선 가까이 인문학박물관 공원 안에 '철학의 집'과 안식처를 장만해주었다. 함께 머무는 안식처가 된 셈이다. 같이 놀던 두 친구도, 함께 자란 두 친구도 다 떠났으나 함께 일했던 친구들과는 우정을 사회에 남기는 인생을 살았던 것 같다. 어렸을 때는 동무가 있어 즐거웠고, 청년기에는 서로 위해주며 자랐던 친구가 있었다. 나머지 3분의 2의 인생을 사회를 위해 함께 일하는 친구가 있어 내 인생도 행복했던 것이다.

흔적을 남기고 간 두 권의 책

나는 지금까지 살면서 긴 여행을 위해 집을 떠난 경험
이 두 번 있다.

그 하나는 스물한 살을 맞이하면서 일본으로 유학
을 떠난 일이다. 그때 단 한 권의 우리글 책을 갖고 떠
났다. 빨간 표지로 된 한용운의 시집 《님의 침묵》이었
다. 왜 그랬을까. 나도 모르겠다. 조국을 떠나 원수 나
라인 일본으로 가면서 마음 한구석에 한국을 간직하고
싶었던 것 같다. 한용운과 〈님의 침묵〉은 '조선의 얼'을
대표하고 있었으니 그 '조선'을 갖고 일본에 머물러야
할 것 같았다. 나는 지금 〈님의 침묵〉을 기억하지 못한

다. 저자인 만해에 관한 공부나 연구도 해보지 못했다. 그러나 〈님의 침묵〉은 말없이 많은 것을 안겨주었다. 만해는 스님이었다. 그는 불교계를 대표해 3·1운동 때 33인 중의 한 사람이 되었다. 나는 33인에 참여할 자격은 없다. 그러나 같은 마음을 갖고 3천만 동포의 한 사람으로 살고 싶었다. 그 염원을 갖게 해준 이가 〈님의 침묵〉의 저자, 한용운이다.

《님의 침묵》 시집을 몇 친구에게 빌려주기도 하고, 나도 한 편씩 읽곤 했는데 언제 어디서 내 곁을 떠났는지 모른다. 윤동주 시인이 일경에게 잡혀 갈 무렵, 집에 들르곤 하던 일본 형사들의 관심을 피하기 위해 몇 권의 일기장과 함께 처분했을 것 같다. 책은 내 곁을 떠났으나 〈님의 침묵〉이 그 어려운 고난의 세월을 지켜 주었다.

그로부터 20년 후였다. 나는 대학에서 안식년을 얻어 1년 동안 교환교수로 미국에 체류하게 되었다. 어른이 되어 떠나면서 우리글로 쓰인 책 한 권을 갖고 가기로 했다. 여러 책 중에서 그 당시 1년 전에 출간된 내 책, 《고독이라는 병》을 골랐다. 넓은 세계 속에서도 나 자신을 중심으로 성장하고 싶었는지 모른다.

《고독이라는 병》은 우연히 출간되었다. 1950년대에 동양출판사에서 열 권짜리《현대 사상 강좌》을 출판했다. 그중의 대여섯 권은 내가 편집에 동참하여 주관했다. 그 전집이 출판계에 선풍적인 관심을 모았다. 월간지 〈사상계〉의 독자들은 읽어야 한다는 사상전집같이 독자들의 사랑을 받았다. 그 당시에는 최고 부수를 자랑하던 한국일보의 출판문화상을 받기도 했다. 그 협력과 수고의 대가라고 할까. 사장이 내 책 한 권을 펴내자는 제안을 했다. 나는 대학신문과 일간지에 발표했던 10여 편의 수필과 신작 몇 편을 첨가해 수필집을 내놓기로 했다. 그 책이 나의 첫 수필집《고독이라는 병》이다. 그 책이 계기가 되어 출판사에서 열 권의 수필집을 계획했다. 김재준, 이어령 같은 저자들이 동참해주었다. 그 첫 수필집을 갖고 한국을 떠났다고 하면 웃음거리가 될는지 모르겠다.

1962년 봄, 하버드대학교에서 만나 친분을 쌓게 된 서울대학교의 한우근 교수에게 그 책을 보여준 적이 있었다. 한 교수는 1년간 하버드-옌칭 연구소의 연구

교수로 머물고 있었다. 하버드대학교와 베이징대학교의 연계 연구소였다. 한국 교수들이 공산 중국 교수들을 대신해 초청을 받았던 시기였다.

한 교수는 많은 한국 도서가 있었으나 내 저서라니 읽어보고 싶었던 모양이다. 저녁을 같이한 늦은 시간에 내 방에 들렀다가 그 책을 빌려갔다. 내가 웃으면서 "다 읽을 필요는 없으니까 심심할 때 들춰 보세요" 하면서 건네주었다. 내가 습관대로 11시에 취침해 깊이 잠이 들어 있는데 전화벨이 울렸다. 시계를 보았더니 새벽 4시가 넘어 있었다. 전화를 그것도 이른 새벽에 걸어온 사람이 없었다. 한국 교수 두세 명이 있어도 야반에 전화 걸 처지는 아니었다. 잘못 걸려온 전화 같아 "김형석입니다. 누구시지요?"라고 물었다. 그러자 "나예요. 한우근"이라는 것이다. 깜짝 놀랐다. 그래서 "한국에 무슨 걱정되는 소식이나 연락이 있었어요?"라고 물었다. 이 시간에 전화를 걸 이유가 없었기 때문이다. 한 교수는 약간 웃음 섞인 목소리로 "그런 것이 아니고 갑자기 병에 걸렸는가봐…" 하기에 "어디 불편하세요?"라고 물었다. 도움이라도 주어야 할 것 같았다.

한 교수는 "그놈의 '고독이라는 병'에 걸렸어요. 저녁 때부터 읽기 시작해서 지금까지 읽었다니까…. 왜 그런 책을 줘가지고"라면서 웃었다. "내가 그 책을 쓰기는 했으나 한 선생 병까지 고쳐주는 의사는 아닙니다"라면서 웃었다. 며칠이 지난 후였다. 한 교수의 이야기다. "고독이 확실히 병은 병인데, 약도 없고 의사도 없을 것 같아요. 나이 들면서 점점 더 고독해지는 것이 인생의 병이지요?"

내 책《고독이라는 병》은 그 후에 누구에게로 갔는지 모르겠다.

코로나19 때문만은 아니다. 요사이는 '고독사'라는 말이 자주 들려온다. 지금은 나도 '고독이라는 병'에 걸려 있다. 지금 사는 집에 이사 올 때는 100세를 앞둔 어머니와 병중에 있는 아내까지 세 식구였다. 2년 뒤에 모친이 먼저 떠났다. 5년 후에는 아내까지 곁에서 사라졌다. 2층 내 방에서 내려와 집을 바라본다. 어머니의 방은 물론 아내가 누웠던 침대도 비어 있다. 어머니의 말씀이 생각났다. "네 처까지 가게 되면 집이 비게 될 텐데, 어떻게 하지?" 내가 늦기 전에 재혼이라도 했으면 좋겠다는 유언이었다. 나도 과거에는 몰랐던 외로움을 체험하기 시작했다. 사랑을 나눌 사람이 없어진 것이다. 그래도 나에게는 두 친구가 있었다. 50년 우정을 나누면서 함께 일했던 친구 덕에 외로움을 달랠 수 있었다.

90 고개를 맞이했을 때, 두 친구도 나 혼자 남겨두고 떠났다. 다른 친구들도 사라져가기 시작했다. 외로움이 변하여 '홀로'라는 느낌이 파도같이 엄습해왔다. 고독이라는 병이 '외로움'과 '홀로'라는 병으로 다가왔다. 외로움은 정서적 병이지만 '홀로'는 존재를 위협하는 병이 되었다. 약도 의사도 없다. 그러나 고독은 '죽음에 이르는 병'은 아니었다. 그때 내게 말없이 들려오는 음성이 있었다.

"더 많은 사람을 사랑하자. 내 사랑을 기다리는 많은 사람을! 사랑이 있는 곳에는 고독이 머물 곳이 없어지는 법이다."

신앙인으로 내가 걸어온 길

나는 철학 교수로 사회활동을 시작했다. 그런데 대학을 떠난 후에는 나를 수필을 쓰는 문학인으로 받아들이는 사람이 더 많아졌다. 철학의 영역은 좁고 문학의 세계가 더 보편적이었기 때문인 듯하다. 그런데 최근에는 기독교 사상가로서의 책임을 느끼는 경우가 늘어나고 있다. 세 가지 정신적 책임을 맡았다는 것은 셋 모두 불완전했다는 뜻이다. 부끄러운 지성인으로 살지 않았는가 하는 자책감이 언제나 뒤따른다.

지금에 와서 다시 반성해보면 그것은 내가 선택했거나 원하는 과거가 아니었다. 나 자신이 어떤 목적이 있어 태어난 것이 아니었듯이 주어진 사회·역사적 여건이 나를 그렇게 살도록 만들어준 것 같다. 나는 그렇게 자랄 수밖에 없었고, 나의 선택보다도 운명적으로 열린 길이 있어 따라왔던 것 같다.

나는 철학적 사유나 문예적 정서를 받아들이기 전에 종교적 신앙의 섭리 같은 것을 느끼며 받아들이기 시작했다. 그것은 내 건강의 한계 때문이었다. 나는 죽음은 가까이에 있으며, 다른 사람처럼 어른이 될 때까지는 살기 힘든 것 같다는 예감을 갖고 자랐다. 중학교에 갈 수 있고 어른이 될 때까지 살고 싶었다. 그 기원하는 뜻이 채워진다면 내 인생은 그 뜻을 가능하게 해준 하나님의 일을 하겠다는 소원을 갖고 출발했다.

중학생이 되면서 그 꿈이 내 삶의 현실로 자리 잡기 시작했다. 그리스도인으로의 희망을 갖게 되었다. 그 나이의 신앙을 가진 청소년들 대부분이 그러했듯이, 신학을 공부하고 성직자가 될 수 있으면 그것이 최상으로 주어진 은총의 선택이라고 생각했다. 그러나 중학교 상급생이 되면서 발전적 변화가 생겼다. 안창호나 조만식 같은 지도자의 신앙이 목사나 신학자의 신앙보다 더 소중하며 성경에 나타난 예수의 정신은 교회적 한계를 넘어서야 한다는 생각을 갖게 되었다. 폭넓은 독서와 기독교 서적에서 얻은 변화였다. 그래서 택한 길이 '인간의 학學'으로서의 철학이다. 철학을 위한 철학보다는 인간다운 삶을 위한 철학적 사유가 선결 과제가 되었다. 종교적 신앙을 위해서는 넘어야 할 강이라는 생각이 들었다. 모든 학문과 신앙의 궁극적인 과제는 '무엇을 위해 어떻게 살아야 하는가'의 해답이어야 하기 때문이다.

상당히 긴 세월을 철학을 위해 보냈다. 철학을 위한 철학책은 물론 무신론에 속하는 독서도 했고 반反기독교적인 철학에도 관심을 가졌다. 그 과정에서 얻은 결론은 철학으로서의 학문은 그대로 수용할 수 있지만, 인간의 궁극적인 문제의 해결은 종교와의 공통점을 갖고 있음을 부정할 수 없다는 것이었다. 그 결과로 내가 얻은 문제는 '인간의 철학적 물음에 대한 해답을 기독교 진리가 줄 수 있는가'였다. 실존철학에 관한 사색은 더욱 그 깊이를 더해주었다. 인간 문제에 관한 서양 철학은 기독교 정신과 함께 성장하고 발전해왔기 때문이다.

결국 나는 신학과 더불어 인간의 학으로서의 철학을 택하게 되었고, 교회 안의 기독교 정신과 신앙에 대해서는 회의를 갖기 시작했다. 그 즈음에 나에게 교회적 신앙을 멀리하게 되는 몇 가지 사건이 벌어졌다.

6·25전쟁이 패전의 위기에까지 이르렀을 때였다. 부산 중앙교회에서 장로교 총회가 모였으나 기독교 장로교와 예수교 장로교가 분열되는 교권 싸움이 벌어졌다. 전국적인 교회 대표자들의 모임이었다. 그 상황을 방청하다가 도중에 나왔다. 한국 기독교에 희망이 있는가? 사회로부터 버림받게 될 것 같고 버림받아야 할 것 같다는 비통한 심정에 빠졌다. 대청동에 있는 미국 문화원 앞을 지날 때였다. 어디선가 한 음성이 들려왔다. "죽은 자들로 하여금 죽은 자들을 장례 지내게 하고, 너는 하나님의 나라를 선포하라"라는 소리였다. 어디서 오는 음성인가 하고 하늘을 쳐다보았다. 맑은 하늘이 보일 뿐이었다.

교회 일은 교회에 맡기고 나는 그리스도의 진리를 갖고 세상으로 나가기로 했다. 원하지 못했던 선택을 강요당한 느낌이었다.

4~5년의 세월이 지났다. 수원의 서울대학교 농과대학 캠퍼스에서 전국기독교학생수양회가 있었다. 나는 목사가 아닌 교수로 참석했다. 크게 실망했다. 다음 해에는 지도목사들이 회개하는 심정을 갖고 기독학생전국대회의 분열을 막아야 한다는 취지로 서울 서북쪽 난지도에서 전국대회가 열렸다. 나도 강사 중 한 사람으로 초청되었다. 양측의 학생 대표는 내가 잘 아는 대학생들이었다. 경동교회와 영락교회에 다니는 대표자들이었다. 하지만 결국은 그 한국기독학생회까지 두 파로 분열되고 말았다. 그 때문에 국제대회에서 한국기독학생회는 버림받는 결과를 맞이했다. 그 대회에서 돌아오면서 한국 교회의 교단과 목회자들은 대학생들을 지도할 자격을 상실했다는 결론을 내렸다.

내가 교회를 떠난 것이 아니라 교회가 나를 버린 것이다. 고민 끝에 두 가지 선택을 했다. 학생들과 함께 성경 공부를 하자, 그리고 교회 밖에서 교회를 돕고 섬기자는 결심이었다. 나에게 주어진 의무는 교수다운 교수로 최선을 다하는 의무다. 평신도의 한 사람으로 기독교를 섬기자는 뜻이었다.

그 일을 위해 수십 년 동안 성경 공부를 계속했다. 그 과정은 나에게 또 다른 결과를 남겼다. 10여 권의 기독교에 관한 저서다. 지금까지도 계속하고 있다. 또 다른 하나는 기독교 학교와 기독교 학생회를 위한 강연과 설교를 맡은 것이다. 연세대학교를 비롯한 기독교 학교의 신앙부흥회 강사가 되기도 했다. 지금도 보수적인 교단을 제외하고는 많은 교회에서 설교와 강연을 한다. 전에는 미국과 캐나다의 한인교회 신앙집회도 20여 년간 도왔다. 새문안교회에서는 내가 유일한 평신도 신앙부흥회 강사였을 것 같다. 최근에는 명동성당을 비롯해 성당의 신앙 강연 초청을 받기도 한다. 많은 목사와 신부가 내 책의 독자가 되었다.

이런 신앙적 책임은 내가 원한 것은 아니다. 나도 모르는 동안에 그런 길을 걷게 된 것이다. 그래서 지금은 신앙적 생애는 운명이 아닌 은총의 섭리라고 믿는다. 그러기에 교회 밖에 있었으나 김재준, 한경직, 홍현설, 정진경 목사님들과 함께 일했으며 김수환, 정진석 두 추기경과 같은 신앙인으로 살았다. 그분들은 나의 신앙의 선배였고 은인이 되었다. 교회 밖에 있었던 것은 사실이나, 그리스도와 함께 있을 수밖에 없었기 때문이다.

방송 출연 70년사

뉴스를 보려고 텔레비전 채널을 돌렸는데, 내 얼굴이 나왔다. MBN에서 방영한 강연 장면이다. 보면서 마음이 놓였다. '내가 생각했던 것보다 많이 늙지는 않았구나. 멋진 남자는 못 되지만 방송 무대에서 쫓겨나지는 않을 것 같구나' 싶었다. 혼자 웃었다.

돌이켜보면 내가 라디오와 텔레비전 등 방송에 참여한 지 70년 세월이 흘렀다. 라디오 시대에는 통행금지 시절이 있었다. 밤 12시가 넘을 경우 생방송을 위해 남산 KBS에서 신촌 우리 집까지 허락되는 차가 왕복하기도 했다. 어떤 때는 새벽 2~3시가 되어 귀가했다.

텔레비전 시대 초창기에는 중요한 운동경기가 있으면 텔레비전이 있는 집으로 가서 단체 관람을 했다. 김기수 선수와 이탈리아의 벤 베누티 선수의 복싱을 보려고 뒷집 이광린 교수 집에 교수 7~8명이 모였던 기억도 떠오른다. 2002년 월드컵 때는 미국의 딸들이 내 건강을 걱정했다. 응원에 열중했다가 뇌출혈이라도 일으키면 큰일이다 싶었는지, "가벼운 혈압 약을 먹고 조심조심히 응원하라"라는 충고를 받기도 했다. 온 국민이 열광했으니 말이다.

지금 회상해보면 나에게는 텔레비전 시대보다 라디오 시대가 더 좋았다. 여러 해 동안 국군방송에 출연했기 때문에 그 보람도 컸다. 나만큼 국군의 사랑을 받은 출연자도 많지 않을 것이다. 때로는 육군에서 나에게 경비행기를 보내주었다. 일선을 방문하며 강연하던 시절이었다. 삼성에서 창설한 동양방송에서는 1년 몇 개월 동안 아침 시간에 출연하기도 했다. 이병철 회장이 자신도 애청자라면서 감사의 뜻을 전해주었다.

KBS에서는 월요일에서 금요일까지 30분씩 한 사람이 주제 발표를 하고 토요일에는 교수 5~6명이 90분간

종합토론을 했다. 그 가운데 '한국인의 역사적 이념'을 주제로 한 토론이 있었다. 그때 결론으로 '밝은 사회'를 제안한 기억이 난다.

불행하게도 텔레비전 시대로 접어들면서는 내가 방송에 출연하는 기회가 줄어들기 시작했다. 방송국들이 시청자들의 관심을 끌기 위해 오락과 흥미 위주의 프로그램에 집중했기 때문이다. 프로그램을 위한 게스트로의 출연은 있었으나 내가 프로그램의 주역이 되는 경우는 적었다. 한때 많은 시청자의 관심을 끌었던 KBS 〈생방송 심야토론〉은 사회적 반응이 대단했다. 90분 동안 나를 비롯한 전문가 4~5명이 토론을 벌였기 때문이다.

최근에는 KBS의 〈TV 회고록 울림〉과 〈인간극장〉에 출연한 것이 전부였던 것 같다. 이번에 방영한 MBN 프로그램에서는 내 강연만을 위한 것이라 출연했다.

마지막 장면에 동석했던 사람들이 눈물을 닦는 장면이 나왔을 때는 나도 모르게 눈물을 흘렸다. 나이 때문에 오는 감상이었을까. 나는 희망을 버리지 않았다. 여전히 세상은 착하고 아름다워질 수 있다고 믿는다.

8

등잔 밑이 어두운 법

등잔 밑이 어둡다는 말이 있다. 대학에 있을 때 P 총장에게서 들은 이야기가 생각난다. Y라는 널리 알려진 의사가 있었다. 부인도 유능한 의사였다. 그런데 그들의 사랑하는 아들이 병에 걸렸다. 아들이 아버지한테 이야기했더니, 어머니에게 가서 도움을 받으라고 했다. 어머니는 아버지가 시간이 많으니까 기다리라고 했다. 의사들은 종일 환자들을 돌보다가 지쳐서 돌아오므로 가정에서는 병 이야기를 싫어하는 습관이 있다. 대수롭지 않게 생각해 아들을 돌보아주지 않자 병세가 악화되어 결국은 치료의 기회를 놓쳐 목숨을 잃게 되었다. 그래서 지혜로운 의사들은 아들딸이나 가까운 가족을 위해서는 자기가 신뢰하는 다른 의사에게 맡긴다는 이야기였다. 나도 가까운 가족의 수술은 다른 의사에게 맡긴다는 이야기를 들은 적이 있다.

내 경우도 비슷하다. 밖에 나가면 교육자의 행세를 한다. 제자들에게는 희망을 가지라고 이야기하고 문제의식을 갖는 사람이 크게 성공한다고 가르친다. 그러나 여섯 자녀를 키우면서도 아들딸들에게는 교육적 관심을 두지 못했다. 교육에는 문외한인 아내가 나를 대신한다. 교육자는 남의 자녀를 가르치고, 교육을 모르는 사람이 대신하는 실정이다.

한번은 아내가 상의해왔다. 큰아들이 초등학교를 졸업하게 되어 대광중학교에 보내기로 했는데, 담임선생은 경기중학교에 지원하라고 권했다는 것이다. 성적을 물어보았더니 우리 애가 11번째인데 그 성적까지는 경기중학교에 배정되었다는 설명이었다. 그해에는 대광중학교가 2차 모집이어서 낙방하더라도 다시 입학의 기회가 주어졌기 때문에 그곳에 지원했다. 그런데 후에 알게 되었다. 경기중학교에는 전교 1등이었던 아이와 우리 애 둘만이 합격이 되었던 것이다. 학부모들 사이에서는 화젯거리가 되고, 아내는 나에게 자기자랑을 했다. 그 당시에는 학생 점수보다 학부모의 점수가 더 필요하다는 이야기가 유행했다. 아내의 방심과 담임선생의 지시에 따르기만 한 결과가 오히려 공정한 평가를 받았다는 생각을 했다.

우리 애들은 아버지가 교수이기 때문에 공부를 잘하는 우등생은 교수가 된다는 잠재의식이 있었던 모양이다. 고등학교 때 성적이 뒤떨어지는 애들은 아내에게 "아버지는 우리도 교수가 되기를 원하시는 것 같은데, 성적이 앞서는 애들이 교수가 되면 좋지 않아?"라고 실망스러운 말을 했던 모양이다.

그래서 나는 아이들에게 이렇게 말했다.

"공부를 잘한다는 것을 학교 성적이 좋다는 뜻으로 여기는데, 그것은 잘못된 생각이다. 너희들이 성장하는 과정을 보면 17~18세까지는 기억력이 왕성하니까 기억력이 좋은 이가 성적이 앞서게 된다. 그 나이가 지나면 기억력보다는 이해력이 폭넓게 자라기 때문에 이해하고 깨닫는 기능이 더 중요해진다. 대화를 나누고 토론을 해서 내 지식과 사상으로 만들어야 한다. 지식은 내 것이지 누구나 갖는 기억의 유산은 아니다. 그러다가 대학에 가면 모든 지식이 학문의 수준으로 올라가야 하는데, 그때에는 사고력이 앞서는 학생이 우수한 성적을 차지한다. 지식과 학문에는 차이가 있으며, 공부하고 배우는 자세는 연구하고 사색하는 방향으로 올라서게 된다. 그러니까 고등학교 성적과 공부가 그대로 연장되어서는 학자가 되지도 못하고 교수다운 교수도 못 된다. 사고력이 창의성까지 높아져야 한다. 그러니까 고등학교 때의 성적이 중요한 것이 아니다. 대학에 가서 새로 출발하는 변화가 필요하고 그런 사람이 교수가 되어야 한다."

세월이 지나면서 애들이 차례대로 대학에 진학하게 되었다. 두 애는 고등학교 성적도 우수했고 원하는 대학에 무난히 입학했다. 다른 두 애는 그보다 좀 뒤진 편이었다. 우수한 성적으로 합격하지는 못했다. 나머지 둘은 아주 낮은 점수로 겨우 원하는 학과에 입학했다.

그런데 지금 교수가 된 셋은 성적이 좋았던 애들이 아니다. 밑에서 세 번째까지가 외국에서 학위를 받고 교수가 되었다. 둘은 한국에서, 한 애는 미국에서 가르쳤다. 위로 셋은 대학 입학 후에는 더 높이 성장하지 못했으나 밑으로 셋은 대학원에 진학하면서부터 새 출발을 할 수 있었던 것이다. 사고력은 기억력보다 늦게 나타나는가 하면 기억력에서는 창의성이 태어나지 못하기 때문이다.

물론 교수가 된 애가 더 성공했다거나 행복해진 것은 아니다. 모두가 자기 인생을 선택했기 때문이다. 부모의 입장에서는 성공 못지않게 자녀들이 행복해지기를 바란다.

나와 같은 나이가 되고 독거노인의 팔자가 되면 아들딸들의 가정관이나 손주들의 교육에는 간섭하지 않는다. 동물들도 새끼들이 자라면 멀리 떠나보낸다. 마음은 가까이 있으면서도 부모세대보다 앞서야 하기 때문이다.

며칠 전에 한 딸이 전화를 했다. "의사로 일하는 딸이 40을 두 달 앞두고 결혼을 해주어서 감사했다"라고. 내가 여섯을 지금 결혼시켜야 한다면 큰일 날 뻔했다. 아들딸들이 다 같이 하는 이야기가 있다. "아들딸들, 사위들까지 다 정년퇴직을 했는데 아버지 혼자 일 하신다"라는 것이다. 그때는 "아버지 노릇은 잘못했지 만 교수 책임은 감당하고 싶으니까 용서해달라"라고 말한다. 등잔 밑은 어두워도 세상은 밝아야 하니까.

선하고 아름다운 사랑의 인연들

강원도 양구의 '철학의 집' 내 전시관에는 두 미국인의 사진이 걸려 있다. 그들과 나의 관계를 모르는 이들은 "어떤 사람이냐"라고 묻는다.

한 사람은 미국 선교사이면서 숭실전문학교 학장이었던 마우리 목사이다. 내가 중학교 1학년 때부터 10여 년 동안 많은 사랑을 베풀어준 은인이다.

그는 생물학 교수였으나 젊었을 때 고전음악클럽 회원으로 활동했다. 한국에 와서는 1910년 평양 장대현 교회에서 찬양대(성가대)를 창설해 직접 지휘했고 부인은 반주를 맡았다. 학생 합창단을 이끌어주기도 했다.

그것이 계기가 되어 교회음악 보급에 공헌했고 숭실학원은 많은 음악인을 배출했다. 내 선배였던 작곡가 김동진과 테너 이인범은 학생 시절부터 널리 알려져 있었다.

3·1운동이 평양에까지 파급되었을 때 독립선언문을 입수해 등사기로 찍어낸 곳이 마우리 목사의 자택이었다. 그는 일본 경찰의 추적을 피해 숨어들어온 젊은이들을 보호해주기도 했다. 그런 사건들 때문에 일경에 조사받고 구속되었다가 법정에 서게 되었다. 그때 찍힌 사진을 보면 방갓을 쓰고 있어 누군지 모를 정도다. 감옥에 가지는 않았으나 19일간 구치소에서 고생했다.

마우리 목사가 미국으로 떠날 때는 아무도 모르게 나를 불렀다. "다시 보기 어렵겠다"면서 함께 기도를 드렸다. 한국의 독립과 내 장래를 위한 기도였다. 1945년 8월 15일 광복 전날 밤에는 꿈에 나타나 태평양전쟁에서 일본이 패망할 것을 암시해주기도 했다.

광복 10여 년 후에 내가 그의 편지를 받은 것은 연세대학교에 부임하고 얼마 후였다. 오랫동안 나에 대해 수소문하다가 연세대학교 교수가 되었다는 사실을 알고 안심과 감사의 뜻을 전해왔다. 그 긴 세월 동안 나를 위해 기도해주셨던 것이다. 나도 눈시울이 뜨거워졌다.

　다른 한 사람인 J. H. 웨어Ware 교수는 1970년대 초 감리교 박대인 선교사 소개로 만난 뒤부터 30년 가까이 우정을 나눈 후배다. 미국 교수들에게는 나에 대해 "형님처럼 지내는 친구"라고 말하곤 했다. 그는 선교사인 부친을 따라 20세까지는 중국 상하이에서 살았다. 외모는 백인이지만 정서적으로는 나와 비슷한 동양인이었다. 1972년에는 자기가 근무하는 미국 텍사스 오스틴대학교에 나를 객원교수로 초청했다. 한 학기 동안 두 가족이 함께 지냈다. 내 막내딸을 그 대학의 장학생으로 선발해 졸업할 때까지 돌보아주기도 했다. 내 아내가 병중에 있을 때는 부부가 문병을 왔을 정도로 마음씨가 따뜻했다. 지금은 부부가 다 세상을 떠났다. 항상 내 건강을 걱정하던 친구였는데….

　돌이켜보면 이렇게 선하고 아름다운 사랑의 인연들이 있어 역사의 별빛으로 남는다.

진실과 사랑이 남는다

내가 언제부터 인도의 간디를 사모하게 되었는지는 잘
모르겠다. 초등학생 때에는 그 이름을 들어보지 못했
다. 중학생이 되면서 그의 전기를 읽었고, 주변에서 많
이 들어온 영향이 컸던 것 같다. 고당 조만식을 '한국의
간디'로 모두가 존경하던 때였으니 말이다.

철이 들면서부터 내 삶 속에는 간디와 톨스토이의
정신이 자리 잡았을 정도로 두 사람은 세계적 관심을
모으고 있었다. 간디는 대영제국으로부터 인도의 자주
독립을 위해 싸웠던 유일한 지도자로 알려져 있었다.
3·1운동의 정신적 배경에도 간디의 정신이 깃들어 있

을 정도였다. 영국 사람들도 정권이 바뀌면 수상의 이름은 잊혀도 간디의 이름은 남아 있었다고 한다.

나는 20대를 맞이하면서 일본 유학을 떠났다. 비좁은 2층 하숙방을 얻어 첫날밤을 맞았을 때였다. 상상도 못했던 꿈을 꾸었다. 중국 남부 넓은 광야에 널판으로 짜인 연단 비슷한 자리가 마련되어 있었다. 그 위에 간디 선생이 서서 강연을 끝낸 후에, "내가 여러분에게 나의 후계자 한 사람을 소개하겠다"라고 말했다. 몇백 명쯤 모였던 청중 속에 누가 후계자일까 하는 생각이 가득 차게 되었다. 뜻밖이었다. 간디가 나를 지목해 단상으로 올라오라고 했다. 있을 수도, 상상할 수도 없는 일이었다. 놀라는 마음으로 단상에 올라서면서 꿈에서 깨어났다. 무슨 뜻의 꿈이었을까. 일본으로부터 독립해야 한다는 잠재의식이 깔려 있었는지 모르겠다.

1948년 정월이었다. 탈북한 실향민이 되어 신촌 기차역 부근에 있는 부엌도 없는 단칸방에서 일어나 유난히 맑은 하늘을 쳐다보고 있었다. 그때 라디오 뉴스가 들려왔다. 인도의 독립지도자 간디가 기도를 드리러 제전으로 가다가 무릎을 꿇고 축복해달라고 호소하던 힌두교 청년의 총격을 받아 세상을 떠났다는 소식이었다. 힌두교도와 이슬람교도의 통합을 위해 마지막 단식(기원)을 끝내고 가던 길이었다. 총격범의 머리 위에 축복의 손을 얹은 채로 눈을 감았다. 나는 2~3일 동안 간디의 생애를 회상해보았다. 슬픔을 누를 수가 없었다.

10년 정도의 세월이 지났다. 교육부에서 연락이 왔다. 중학교 3학년 국어 교과서에 간디에 관한 글을 싣고 싶은데 집필해주었으면 좋겠다는 청이었다. 더 좋은 필자가 없는가 싶었으나 글을 쓰기로 했다. 내가 중학교 3학년 때쯤 받았던 간디에 대한 감동을 나누고 싶었다.

1962년 여름에는 인도를 방문했다. 뭄바이에 갔을 때였다. 간디가 20년 가까이 머물렀던 기념관을 찾아갔다. 보통 사람들이 살았던 간소한 주택이었다. 2층에는 간디가 직접 물레질을 해 천을 짜던 시설이 그대로 보존되어 있었다. 뭄바이대학교 경제학과 출신이라는 안내원에게 물었다. "간디가 직접 물레를 이용해 소박하지만 천을 손수 짜입은 것은 영국으로부터의 경제적 독립과 경제부흥의 모범이었지요?" 누구나 알고 있는 상식이었기 때문이다. 그런데 안내원의 대답은 달랐다. 그런 것이 아니라 간디 선생은 기계문명을 싫어했기 때문에 영국에서 수입되는 기계로 짠 천을 거부했다는 것이었다. 그러면서 델리 시에 가면 간디의 묘소가 있는데, 그 무덤과 돌들 전체가 기계를 사용하지 않고 손으로 제작한 것이라는 설명을 추가해주었다. 나로서는 이해하기 어려웠으나 델리 시에서 직접 묘소를 보면서 들은 설명도 같은 내용이었다. 간디의 정신적 기반은 영국으로부터의 경제적 자립보다 힌두교 정신이 더 강했던 것 같다는 인상을 받았다. 2,500년에 걸친 정신적 유산이 아직도 인도인들의 가치관에 영향을 주고 있는 듯싶다. 그 당시에는 젊은 학생들의 책상머리부터 공공기관의 요소要所까지 간디의 사진과 초상화가 놓여 힌두교도들의 애국심과 공감을 이루고 있었다.

10년 후에 두 번째로 인도를 찾았다. 10년 동안에 많은 변화가 생겼다. 델리 시내에서는 신앙심의 상징이기도 했던 소떼들이 보이지 않았다. 많은 인도 사람이 '우리의 목표는 파키스탄보다 앞서고, 중국보다 생활수준이 높아지는 데 있다'고 했다. 폐쇄적인 종교적 가치관보다는 윤리 의식이, 윤리적 가치를 실용화하기 위해서는 과학 정신이 필수적임을 보여주는 것 같았다. 지금의 인도는 유럽, 아시아 다음가는 제3세계를 향하고 있다. 그런 변화 속에서도 몇 해 전에는 간디의 동상이 영국 국회의사당 앞 정원에 세워졌다. 영국 정치지도자를 제외하고는 유일하게 식민지였던 인도의 간디 동상이 건립된 것이다. 그런데 이상한 것은 다른 동상의 누구보다도 간디가 존경을 받고 있다는 사실이다.

무엇이 원인일까. 몇 해 전, 미국에서 간디의 일생이 영화로 제작되었다. 영화는 간디의 유해가 갠지스 강에 뿌려지는 장면과 함께 다음과 같은 말로 끝맺는다.

"모든 거짓과 폭력은 사라지고, 진실과 사랑이 남는다."

4부

산다는 것의
의미를 찾아서

‘세기의 사랑’ 같은 이야기

내가 대학생 때, 일본에 아리시마 다케오라는 소설가가 있었다. 그는 동생이 유학 가서 살던 집을 방문해 그곳에서 동생의 소개로 질타라는 독일 여성을 만났다. 2주간 머무는 동안에 이국의 두 남녀는 사랑에 빠진다. 그러나 질타는 이미 결혼까지 생각하던 남자친구가 있었다. 아리시마는 그녀와 작별하면서 “일본을 꼭 한번 방문해달라”라는 간청을 남겼다.

그 후 아리시마는 작품을 통해 존경받는 작가가 되었다. 그러면서 한 유부녀와 헤어나올 수 없는 사랑에 빠진다. 둘은 마침내 바다에 투신자살하는 것을 택했다. 그 사건이 전 일본을 휩쓰는 화제가 되었다. 나도 그의 대표작과 《아낌없이 사랑은 빼앗는다》라는 책을 읽었다.

"나는 내 삶의 의미를 모른다. 나를 발견했을 때는 파도가 몰아치는 바다 위에 떠 있는 나무 잎사귀 하나 같았다. 죽음을 재촉하는 파도는 계속된다. 나에게 주어진 소원은 하나뿐이다. 사랑을 나누다가 운명의 파도 속에서 함께 삶을 마무리할 수 있는 또 하나의 잎새가 있기를…. 그 또 하나의 잎새는 사랑을 나눌 수 있는 사람이어야 한다"라는 내용의 글이었다.

긴 세월이 지난 뒤였다. 독일의 질타 여사가 일본을 찾았다. 말없이 아리시마의 무덤에 장미 꽃다발을 두면서 사랑하는 사람을 애모하는 마음을 쏟고 떠났다. 그 사실을 알게 된 기자들에게 "생전의 마지막 약속을 지키기 위해 왔다"라고 했다.

또 오랜 세월이 흘렀다. 아리시마의 조카가 유럽 여행을 하다가 아버지가 유학 와 머물던 곳을 찾아 질타 여사의 집을 방문했다. 2~3일을 그 집에 머물면서 알게 되었다. 질타 여사는 아리시마를 보내고 고민하다가 남자친구와의 약혼을 파기하고 혼자 살고 있었다. 이미 할머니로 변모해 있었다. 어떻게 장만했는지 집 안에는 아리시마의 작품과 관련된 자료들이 가득했다. 두 여인은 애인과 큰아버지의 이야기로 정을 나누었다. 질타 여사는 "당신 큰아버지는 정말 사랑을 아는 분이었어요. 내 손을 잡고 작별인사를 하면서 꼭 한번 일본에 와달라고 부탁하던 그 눈빛을 잊을 수가 없어 일본을 다녀왔어요. 그 사라진 추억을 잊고 싶지 않아 글을 쓰면서 세월을 보내고 있어요"라고 말했다.

나는 그 작가의 인품에 끌려 작품과 수상집을 읽었고, 해방 후에도 뉴스를 통해 알게 된 그 사연들을 지금까지 기억하고 있다. 학생 때 도쿄 국립근대미술관 식당에서 웨이터로 일하면서는 동생 화가와 작품에 관심을 가지기도 했다.

연애지상주의가 팽창해 있을 시기였다. '결혼은 연애의 무덤'이라는 말을 실감 있게 받아들여 사랑을 위한 죽음을 예찬하는 젊은이들이 적지 않았다. 우리나라의 유명한 여가수가 현해탄에 몸을 던지기도 했고 춘원을 애모하는 작가들의 기록에서도 나타나고 있다.

그런 이들을 위해 파스칼은 뜻깊은 말을 남겼다. "인간이 몹시 어리석은 존재라는 사실은 연애를 통해서 보게 된다. 아무 이유도 없이 사랑에 빠져 스스로의 목숨을 버리기도 하고 살인을 하는가 하면 군주들은 그 사랑을 위해 전쟁을 일으키기도 한다." 연애(연정)가 사랑(애정)으로 바뀌고, 사랑이 인간애로 승화되면 연애다운 연애도 가능할 텐데….

말과 글에 관한 이야기

대학에 있을 때 내 경험에 의하면 강의는 잘하지만 글을 잘 쓰지 못하는 교수가 있고, 훌륭한 필력을 갖추고 있으나 강의를 잘 못하는 이가 있다.

내가 대학신문을 지도하고 있을 때였다. 대학총장들의 글을 얻기 위해 알아보았는데, 두 총장을 제외하고는 원고를 청탁할 총장을 찾지 못한 적이 있다. 글을 쓴다는 것이 강의를 하기보다 어려웠는지 모르겠다.

사회적 상식에 따르면 대중 강연이나 언변을 필요로 하는 분야는 정치계가 절대적이다. 그래서 옛날부터 정치와 연설은 밀착되어왔다. 지금도 그렇다. 직업상

언변이 필요한 영역은 변호사와 교육계 그리고 종교계일지 모른다. 천주교보다는 설교가 큰 비중을 차지하는 개신교 목사들이 그런 위치에 속한다.

상대적으로 강연이나 강의는 앞서지 못하나 좋은 문장을 쓰는 이들이 있다. 주로 문학적 소질을 갖춘 사람들이다. 젊어서 문학에 관심을 가졌던 이들이 문장력이 우수하다. 어학과 문학의 영역은 다르다. 내가 모시고 있던 최현배, 김윤경 선생은 대학자이다. 문법적으로는 흠할 데 없는 문장이지만 읽는 재미는 없다. 시인이라고 해서 다 좋은 문장을 쓰는 것도 아니다. 시는 예술 조각품과 같아서 흠모의 대상이 되지만 문장가로서는 뒤지는 사람도 있다.

둘 중 어느 편이 좋을지 묻는 것 자체가 잘못이다. 강연은 강연의 특성과 의미가 있고 문장은 나름대로의 목적과 가치가 있다. 내 친구인 김태길 교수는 강의나 강연의 능수는 아니었다. 나는 미국의 바이든 대통령을 볼 때마다 김 교수를 연상한다. 바이든이 오늘과 같은 연설을 하기 위해서 많은 노력을 쌓아왔던 모양이다. 어렸을 때는 어눌한 편이었다고 전해진다. 김태길 교수의 문장은 훌륭한 편이다. 강의와 강연도 내용이 충실하기 때문에 대중과 학생들의 호감을 얻었다. 이상한 것은, 개신교 신학대학에는 설교학 과목이 있는데, 막상 설교학 교수의 설교가 환영받기는 힘들다는 점이다. 한때는 웅변학원도 있었고 연설을 위한 강의나 강좌도 있었다. 그렇다고 해서 성과가 인정받지는 못했다.

우리나라 장로교에는 대표적인 두 명의 원로목사가 있었다. 기독교장로회의 김재준 목사와 영락교회의 한경직 목사다. 설교는 한경직 목사가 월등했고 저술은 김재준 목사가 우월했다. 그 결과를 보면 한 목사는 목회자로 업적을 남겼고 김 목사는 많은 신학자를 배출했다. 일반 사회에서도 비슷한 결과가 나타났다.

그런데 다행스럽게도 강연과 필력을 다 갖춘 사람도 있다. 도산 안창호 선생이 대표적인 분이었고 안병욱 교수도 그랬다. 고마운 업적을 남겨주었다. 그런 이들은 사회에서도 존경을 받으며 오랜 역사의 유산을 남기기도 한다. 그들은 대체로 두 가지 특징을 지니고 있다. 먼저, 이들은 다른 사람보다 앞선 사상을 갖추었고, 존경스러운 인품을 지닌 지도자들이다. 삶의 목표와 사명의식이 확고하거나 특출한 애국심을 갖춘 편이다. 좋게 말하면 인격과 사명감이 뚜렷한 삶을 택했던 사람이다.

그 대신 그런 이들은 예술이나 학문 분야의 업적은 타인에게 양보하는 경우가 많다. 예술을 위해 모든 정열을 쏟은 사람이나 학문을 위해 전념한 사람은 그 분야의 공로자로 인정과 존경을 받는 것이 당연하다. 예술과 사상은 보편적 가치보다 개성과 특수성이 중요하기 때문이다.

'어느 편이 더 소중한가', '우리는 어떤 선택을 해야 하는가'라고 묻는 것은 지혜롭지 못하다. 우리 사회가 요구하는 분야에 헌신하기 위해 최선을 다하는 삶을 선택하면 된다. 이 모든 것이 조화와 추진력이 되어 사회와 문화가 성장하게 되어 있기 때문이다.

일의 가치와 목적은 무엇인가

나는 40이 될 때까지 가난하게 살았다. 대학생 때는 신문 배달원과 식당의 웨이터로 일했다. 해방 후에는 무일푼으로 탈북했다. 6·25전쟁 때는 가족들의 식생활을 해결하기 위해 노력했다. 1950년대 중반, 연세대학교로 부임하고 3~4년 동안은 내 일생에서 가장 심한 경제적 빈곤을 느꼈다. 나 혼자의 수입으로 열 명의 식구들 생계를 책임져야 했고, 학교를 옮기면서는 살던 사택까지 떠나야 했다.

그 몇 해 동안은 돈을 벌고 수입이 있어야 산다는 가장의 짐을 뼈저리게 느꼈다. 건강을 해칠 정도로 일했다. 여러 대학에 강사로 나갔고 수입이 있는 일이라면 모든 시간과 노력을 바쳐야 했다. 그 결과로 어느 정도 안정기에 들어서게 되었다. 식생활의 기초와 자녀 교육의 의무는 감당할 정도가 된 셈이다.

그 즈음에 한 가지 사건이 생겼다. 주말 토요일 오후에 두 곳에서 강연 요청이 왔다. 먼저 서울에서 삼성그룹의 강연이 약속되었는데 대구의 중고등학교 선생님들을 위한 강사로도 초청받게 되었다. 삼성의 강연료는 지방 강연보다 2배나 높고 교통도 편하다. 그런데 일의 중요성과 가치로는 지방에 있는 600명의 선생님들을 위한 강연이 우선이므로 고민하다가 삼성에 양해를 구하고 지방에 가기로 했다. 저녁 늦게 서울역에 도착해 버스를 타고 생각했다. 지금까지는 돈과 수입을 위해 일했으나 앞으로는 일의 가치와 보람을 찾아 일하자는 선택이었다.

10여 년을 그렇게 살았다. 그러는 동안에 나도 몰랐던 두 가지 변화가 생겼다. 돈과 수입을 위해 일할 때는 피곤하고 일이 힘들기도 했는데 일의 가치를 찾아 일했을 때는 일을 사랑하게 되고 피로와 정신적·신체적 부담을 느끼지 않았다. 일이 즐거웠기 때문이다. 또 하나의 변화는 수입을 목적 삼았을 때는 수입과 더불어 일도 끝나곤 했는데, 일을 위하고 사랑하면서는 일이 또 다른 일을 만들어주었다는 것이다. 즐겁게 더 많은 일을 하게 되었고 오히려 수입도 더 많아지는 변화가 왔다. 수입이 목적이 아니고 일 자체의 가치를 즐겼던 것이다.

또 세월이 지났다. 80쯤 되었을 때였다. 그때까지 나는 100명의 사람이 100가지 일을 하니까 일의 목적이 각 100가지인 것으로 생각했다. 그런데 일의 목적과 의미를 공동체와 사회적으로 평가하면, 100명의 사람이 하는 일의 궁극적인 목표와 목적은 다 같은 하나일 뿐이다. 나와 우리가 그 주어진 일을 함으로써 다른 사람들이 인간다운 삶과 행복을 누릴 수 있도록 돕는 것이다. 일의 목적이 내게 있지 않고 상대방에 있기 때문이다. 정치가는 선한 정치를 통해 국민들이 행복과 인간다운 삶을 갖추도록 도와야 한다. 경제인은 그 일을 감당하여 좀 더 많은 사람이 경제적 혜택을 받으며 행복하도록 도와야 한다. 교육자는 제자들과 함께 선한 가치와 질서가 있는 사회를 만들도록 노력해야 한다. 우리가 하는 모든 일은 더 많은 사람의 인간다운 삶과 행복을 위한다는 것이 공통된 하나의 목적이다.

그런 생각의 변화가 지금은 점차 내 인생관을 변화시키고 있다. 전에는 돈을 벌기 위해 일을 했는데 요사이는 내 돈을 쓰더라도 그 일은 내가 하곤 한다. 그 사람들이 행복하고 값진 삶을 누릴 수 있기 때문이라는 책임감을 갖게 된다. 비용을 지출하는 일이 버는 때보다 더 즐겁고 보람을 느끼게 한다. 또 다른 변화로, 일의 가치와 평가가 달라졌다. 얼마나 수입이 늘었는가는 묻지 않는다. 무슨 일이 더 많은 사람에게 도움이 되는가를 찾게 된다. 애쓰고 노력해서 내가 장관이 되어 국민들에게 불행과 고통을 안겨 주는 것은 사회악이 되고, 작은 일이지만 더 많은 사람에게 기쁨과 행복을 나누어주는 일은 높이 평가받아야 한다. 나보다 유능한 사람에게 직책을 양보하는 것도 미덕이 된다.

내가 50년 동안 체험으로 얻은 결론이다. 돈과 수입은 그 자체가 삶의 가치도 목적도 아니다. 그것은 일을 사랑하는 사람에게 주어지는 부산물이다. 일의 가치와 목적은 무엇인가. 더 많은 사람의 행복과 인간다운 삶을 위함이다. 그것은 누구에게나 해당되는 인생의 교훈이다. 공자도 인간다운 삶의 가치관을 가르쳤고, 예수 그리스도는 먼저 그 나라와 의를 구하라는 교훈을 남겼다.

내가 어디에서나 자주 인용하는 이야기가 있다. 1981년에 서울대학교 사회학과에서 국민들의 의식 구조를 조사했다. 그 항목 중 하나는 다음과 같았다. "당신은 먹을 것이 있고 생활이 안정되어서도 일을 하겠는가?" 국민의 86퍼센트가 일하겠다고 대답했다. 그 변화가 우리 국민을 절대빈곤에서 구출했고 오늘의 경제 선진국으로 도약시켰다. 일을 사랑하는 마음은 무엇보다도 소중하다. 내가 하는 일을 통해 더 많은 사람들이 행복하게 인간다운 삶을 누릴 수 있도록 도와야 한다. 중요한 것은 법의 강도가 아니다. 선한 사회를 위한 정신적 가치와 질서인 것이다.

탕자의 귀향

우리나라 여성조각가협회가 주관하는 작품 전시회에 갔다가 그 단체를 후원하는 한 신부에게서 《탕자의 귀향》이라는 책자를 선물 받았다. 렘브란트 Rembrandt(1606~1669)는 네덜란드의 대표적인 두 화가 중 한 명이다. 다른 사람은 반 고흐Van Gogh(1853~1890)이다. 〈탕자의 귀향〉은 렘브란트의 말년 작품 중 하나이다. 누가복음에 나오는 예수의 유명한 탕자 비유에 관한 내용을 주제로 한 그림이다.

사실 나는 회화에 대한 예술적 가치나 의미는 잘 모른다. 일본에서 대학 생활을 할 당시, 도쿄 국립근대미

술관 식당에서 웨이터로 아르바이트를 한 적이 있다. 그때 심심풀이로 일본 화가들의 동양화와 서양화 등을 보는 기회가 생겼다. 그러면서 몇 권의 화집을 감상한 경험이 있을 뿐이다. 그러다가 기회가 주어져 유럽을 여행하면서 항상 소망했던 예술품을 직접 대면해보는 기회가 생겼다. 네덜란드에 있을 때는 〈야경夜警〉을 비롯한 렘브란트의 걸작을 직접 감상도 했다. 고흐의 작품도 보았다.

선물로 받은 《탕자의 귀향》을 읽으면서 다시 감상하는 동안 성경에 나오는 이야기와 종교·철학적인 내용이 그림에 압축되어 있는 것에 놀라움을 느꼈다. 역사적 시간과 그 풍부한 정신적 삶의 모습이 한 화면으로 상징화되어 있었기 때문이다.

음악이 시간과의 연결을 갖는 예술이라면 회화는 공간 속에 시간적 사건과 삶을 아울러 표상하는 공간성을 갖는 예술이라는 생각을 했다. 이 책에서도 저자 헨리 나우웬Henri Nouwen(1932~1996)은 렘브란트의 그림을 통해 인간들의 삶의 전모를 역사적 시간과 사회적 변천을 넘어 충분히 표현해주고 있다. 크게 본다면 인간적 삶의 전부를 한 화폭에 압축해 보여주는 것 같았다.

저자는 미국 노트르담대학교의 교수로 시작해 예일대학교와 하버드대학교의 강단에 섰다. 또한 천주교 사제였기 때문에 지적 장애인들을 위한 사회사업 기관에서 삶의 깊은 고뇌와 이해를 직접 체험했다. 《탕자의 귀향》을 통해 인간적이면서 신앙적인 삶의 내면성을 탐구하고 터득했을 것 같다. 그리고 그 정신적 심오함은 빛과 그림자의 화가인 렘브란트였기에 가능했을지도 모른다.

저자는 이 가정적인 애환을 소재로 삼아 삶의 진정한 가치와 하나님의 은총으로 채워지는 인간성의 완성을 기독교 신앙적 여정과 연결해 극적으로 표현한다. 자신이 체험한 정신적 과정과도 연결되어 있었을 것이다. 그리고 그 내용은 인생의 순례자인 우리 모두의, 영원한 것에 대한 탐구와 완성의 여정이기도 하다.

나는 저자가 전해주는 인간적·정신적 과제와 설명을 읽으면서 평소에 내가 고민하고 있던 또 하나의 사회와 역사적 과제로 발전시켜보았다.

아버지 품 안에는 정의를 대신하는 큰아들과 자유를

갈망하는 동생이 함께 살아야 한다. 그러나 자유를 염원하는 동생은 그 지루하고 변화가 없는 가정에 머물기를 원하지 않는다. 결국은 자기에게 귀속될 모든 재물을 갖고 집을 떠나간다. 다시 돌아오고 싶지 않을 공간으로 느꼈다. 멀리 경험해보지 못한 곳에서 목적 없는 자유를 향락으로 소모해버린다. 모든 것을 상실해버린다. 절망과 종말감을 느낀 탕자는 아버지가 있는 사랑의 고향이 유일한 삶의 터전이었음을 절감한다. 그러나 아들의 자격을 상실했기 때문에 머슴의 한 사람으로 자인하면서 고향 집으로 찾아온다. 처참한 모습으로….

그러나 늘 기다리고 있던 늙은 아버지는 돌아오는 아들을 한없는 사랑으로 받아들이고는 잔치를 베푼다. 들에서 가사를 돌보던 큰아들은 아버지에게 불공정하다고 불만을 제기한다. "열심히 집을 돌보아온 나를 버려두고 가산을 탕진한 동생을 후대할 수 있는가"라고 말이다. 처벌이 아버지의 마땅한 책임임을 왜 모르느냐고 불평한다. 그에 대한 아버지의 대답은 간단했다. 아버지에게는 용서와 사랑밖에 없는 법이라고. 결국

용서와 사랑이 있는 행복을 되찾게 된다.

나는 자신들의 잘못을 인정하지 않고 사랑이 없는 평등만을 주장하는 공산 치하에 살아보았다. 상대방이 어떻게 되든지 무한경쟁과 객관적 자유의 가치와 특권에만 열중하는 승자를 위한 가치관이 어떻게 되는지 체험도 했다. 누구의 잘못을 따지기보다, 사랑이 없는 평등에도 행복은 없고, 사랑을 모르는 자유에도 고통이 따른다는 사실을 외면할 수 없었다. 사랑이라는 아버지 품에 정의와 자유의 형제는 함께 살아야 한다는 진리를 조금씩 깨달아가고 있다.

인간애가 있는 휴머니즘이 민주주의의 뿌리다. 그 거목에는 자유와 평등의 열매가 함께 맺을 수 있다. 자유는 사랑을 통해 평등의 열매를 맺으면서, 정의는 사랑을 통해 개인들의 자유를 존중하면서 공존하게 된다. 그 길만이 역사와 사회의 희망이며 인류의 행복을 창출하는 인간애의 책임을 다하는 길이다.

인문학과 역사는 왜 필요한가

대학에서 교양학부장 직을 맡고 있을 때였다. 자연과학 전공의 한 교수가, "저희들은 시험 결과를 평가할 때 어느 교수가 하든지 같은 답안이어서 신뢰가 가는데, 문과대학에서는 교수에 따라 평가가 다르기 때문에 불공평하지 않느냐"라는 걱정을 했다. 그렇게 생각하는 이들이 사회에서도 많이 있다.

그래서 기회가 생기면 설명을 한다. 수학이나 자연과학에서는 하나의 질문에서 하나의 답을 얻어야 하지만, 인문학에서는 하나의 물음에 대한 답이 다양하기 때문에 선택을 하게 된다. 그 선택의 객관성에 따라 평가를 내린다. 예를 들면 '행복이 어떤 것이냐'라는 물음에 여러 가지 대답이 가능하지만 많은 사람이 객관적으로 받아들일 수 있는 답을 택하게 된다. 다 같은 하나의 답밖에 없다면 그것이 곧 잘못이 된다. 철학에서는 교수의 강의 내용을 그대로 적어 내는 학생은 B 학점을 받지만, 교수의 강의에 대한 비판과 더 확실한 이론을 제시하면 그 학생이 A 학점을 받는다. 인문학은 사상의 자유로운 창조성이 중요하므로 하나의 물음에 하나의 답이 나와서는 안 된다. 선택의 자유가 뒤따르기 때문이다.

그 대신 사회과학은 과학적 판단과 철학적 해석이 함께 필요하므로 주어진 현실과 사건에 대한 합리적 타당성을 추구한다. 그러나 사회과학에는 주어진 방법이 있다. 사실을 사실대로 보아 진실을 밝히고 그 진실에 입각해서 객관적 가치를 창출하는 일이다. 다시 말하면 주어진 과제가 어떻게 하면 더 많은 사람의 장래를 보장할 수 있는가 하는, 다수인의 미래를 위한 인간다운 삶의 가치를 찾아 따르는 일이다.

이에 비하면 인문학은 전통적으로 철학, 역사학, 문

학을 포함해왔다. 문자로 표현되는 예술도 사상을 대표하기 때문에 인문학에 포함되기도 한다. 문예 학술이 같은 위치에서 취급되는 현상에서 이 점을 볼 수 있다. 그중에서도 인간과 사상의 학문이라고 볼 수 있는 철학은 예로부터 인문학의 뿌리가 되어왔다. 많은 사람이 한국철학이나 동양철학보다 서양철학을 더 많이 택하는 것은 두 가지 이유 때문이다. 근대로 접어들면서는 서구문화와 학문이 세계무대를 점유하게 된 역사적 변화가 있었으며, 한국이나 동양의 철학은 지적 내용의 축적에 치중할 뿐, 학문적 방법론이 빈약했기 때문이다. 학문은 많이 안다는 것보다는 어떻게 주어진 문제를 해결할 수 있는가를 묻는 방법론이 중요하기 때문이다. 서구의 철학자들이 동양이나 인도의 철학을 연구하면서 공통적으로 지적하는 것은 학문적 방법론이 결핍되어 있다는 점이다.

그런데 세월이 지나는 동안에 대학에서도 학과 중심의 분과적 과제보다 융합된 공통성이 더 중요해졌다. 그것은 우리가 해결지어야 할 문제가 종합적이며 유동적인 것이지, 분리된 고정적 논리나 이론이 아니기 때문이다. 만일 철학계에서 한때 문제 삼았던 '선이란 무엇인가?'라는 과제가 주어졌다고 하자. 그런 문제의 해결을 위해서는 철학적 사유나 논리도 필요하지만 역사와 사회적 관심의 대상인 것을 알아야 한다. 말하자면 문제 자체가 철학적 과제이면서 인문학적 해석이 필요해지며, 때로는 사회문제가 더 큰 비중을 차지하게 된다.

학문도 그렇다. 법학을 연구하던 학자가 법철학을 언급하게 되며 역사학을 연구하다 보면 역사철학을 문제 삼기도 한다. 내가 집필한 《종교의 철학적 이해》라는 책이 있다. 특정 종교를 연구하는 동안에 자연히 종교학보다는 철학적 이해가 더 중요해졌기 때문이다.

그렇다면 우리에게 주어지는 과제는 무엇인가? 인문학 그 자체와 더불어 인문학적 이해와 사유가 필요해지며 철학 그 자체의 학문성보다는 철학적 사유와 이해를 받아들이게 된다. 역사학의 문제도 그렇다. 역사는 왜 필요하며 무엇 때문에 연구하는가? 역사적 사실을 문헌에 따라 규명하는 동시에 역사적 사실을 시대에 비추어볼 때 미래를 위한 가치와 선택을 위하지 않을 수 없다. 대학은 물론 사회생활 전반에 걸쳐 인문학

과 역사 철학적 연구와 사유는 점점 더 큰 비중을 차지
할 것이기 때문이다.

정의보다 강한 사랑

중학교 1학년 때였다. 호주의 한 목사가 세계일주 여행을 하다가 우리 학교에 들러 예배시간에 설교를 했다. 설교를 끝내면서 이곳에 온 기념으로 여러분에게 수수께끼를 남기고 가겠는데, 맞히는 학생들에게는 1, 2, 3등의 상품을 주겠다는 약속을 남겼다. 문제는 '세상에서 제일 강한 것은 무엇인가'였다.

나는 '세상에서 제일 강한 것은 정의입니다. 사람이 의롭게 살면 아무것도 두려움이 없기 때문입니다'라는 대답을 써냈다. 일주일쯤 지난 뒤였다. 교장 선생님이 수수께끼에 대한 시상을 하게 되었다. '세상에서 제일 강한 것은 사랑입니다'라고 쓴 상급생이 일어서서 상을 받았다. 나는 속으로 생각했다. 그것은 틀렸다. 사랑이 1등을 받을 바에는 정의가 받아야 한다고…. 그런데 교장 선생님이 2등은 '정의'라면서 내 이름을 불렀다. 아무리 생각해봐도 사랑보다 강한 것이 정의라는 생각은 양보할 수 없었다. 상으로 받은 신약성경 뒷면에 쓰여 있는 '2'자를 '1'자로 바꾸어 썼다. 목사님이나 교장 선생님의 생각이 틀렸다고 생각했다. 먹을 갈아 붓으로 '의義'자를 책상 앞 벽에 붙였다.

내 생각에는 변함이 없었다. 많은 시련을 겪으면서 졸업을 하고, 고학생의 신분을 감수하면서 일본으로 유학을 떠났다. 많은 어려움과 고생을 치러야 했다. 그런데 내가 어려운 고비에 처했을 때마다 도움을 준 사람들은 모두가 사랑을 베풀어준 분들이었다. 경제적 도움을 준 마우리 선교사, 크리스천이었던 와세다대학교의 호아시 교수, 내가 다닌 일본 교회의 몇 목사님들, 우정을 나누어준 친구들, 그들의 사랑 있는 도움이 없었다면 내가 그 많은 난관을 극복할 수 있었을까? 내가 잘나서가 아니다. 내 부족을 잘 알면서도 사랑을 베풀어주었다. 그러는 동안에 내 생각에도 변화가 왔다. 정의보다 강한 것은 사랑이라는 체험이었다. 그것을 깨닫는 데 8년의 세월이 걸렸다. 그리고 그 신념이 지금은 진리가 되었다. 정의는 사랑에 의해 완성된다. 인간다운 행복과 완성의 집에 들어가기 위해서는 필요한 절차가 있다. 현관에서 불필요한 신발을 벗어야 한다. 바로 정의의 신발이다.

신혼부부도 누가 옳으냐고 계속 따지게 되면 이혼을 한다. 재산을 놓고 아버지와 아들이 권리 주장을 하는 동안은 가정의 질서와 행복은 사라진다. 권력을 위한 형제 간의 갈등과 암투가 어떤 결과를 가져오곤 했는가. 20세기 냉전 시대에는 정의의 가치가 정반대의 위상을 차지했다. 한때 역사학자와 사상가들은 공산주의는 100년을 지속하기 힘들었으나 종교적 갈등은 200년 이상 계속할지 모른다고 우려했다. 정의라는 가면을 쓰고 사랑의 질서를 배제해왔기 때문이다.

지금도 우리는 제2차 세계대전 종식 후부터 현재까지 계속되고 있는 이스라엘과 이슬람 간의 갈등과 무력충돌을 걱정한다. 구약을 믿고 따르는 유대인들이 정의의 신을 믿으며, 코란을 신봉하는 민족들이 알라 신의 정의관을 떠날 수 없기 때문이다. 두 민족 모두가 정의의 신을 믿으면서 사랑의 위대한 질서를 배제해오고 있다. 눈은 눈으로 갚고, 이는 이로 갚으라는 잘못된 정의의 절대성을 믿기 때문이다. 크리스천들이 믿는 하나님은 사랑의 아버지라고 성경에 쓰여 있다. 만일 크리스천들이 사랑보다 정의의 절대 가치를 믿고 따른다면 그것은 기독교가 되지 못한다.

사랑이란 무엇인가? 공존의 질서이며 인간적 삶의 완성을 위한 원동력이다. 모두가 함께 살아갈 수 있는 원천적 정신이다. 그리고 자유와 평등을 함께 누려 사회와 역사를 완성할 수 있는 원천이다. 사랑의 큰 나무에만 자유와 정의의 열매가 함께 맺을 수 있다. 자유와 정의는 인간애의 산물이며, 사랑이야말로 자유와 평등을 함께 유지할 수 있기 때문이다.

슈바이처의 삶

어느 날 조간신문에 '상계동 슈바이처'라는 의사가 소개된 적이 있다. 서민들이 사는 서울 수락산 자락 상계동에 있는 '은명내과' 이야기다. 처음에는 무료였는데 1년 후부터는 모든 환자에게 1,000원씩 진료비를 받았다. 자존심에 상처를 주지 않기 위해서였다. 김경희 원장은 개원 이전까지는 의료 혜택을 받지 못하는 환자들을 찾아다니며 무료 봉사를 했다. 1996년에는 50억 원이 넘는 재산을 모교인 세브란스병원에 기증했다. '재산은 소유하는 것이 아니고 사회를 위해 관리 책임을 맡는 것뿐'이라는 생각에서다. 금년에 100세를 채우고 그는 세상을 떠났다.

내가 20대였을 때는 슈바이처를 모르는 대학생이나 젊은이는 없었다. 그의 자서전《나의 생애와 사상》을 읽으면서 큰 감동과 깨우침을 받았다. 한국에도 우리가 모르는 슈바이처 추모 제자가 많다. 장기려(1911~1995) 박사나 목사이자 의사로 슈바이처를 직접 도왔던 이일선(1922~1995)만이 아니다. 내가 전작《백세일기》에 소개한 대구의 B 의사와 그의 친구들이 모두 그랬다. 그 당시 의대 학생이나 뜻이 있는 젊은 의사들은 모두가 슈바이처를 성인같이 추모했다.

알베르트 슈바이처는 독일이 낳은 수재였다. 24세에 철학 박사, 이듬해에 신학 박사가 되었으며 세계적으로 인정받는 파이프 오르간 연주자였다. 그러던 그가 아프리카에는 의사가 없어 수많은 환자가 버림받고 있다는 뉴스를 접했다. '만일 내가 예수의 마음을 가졌다면 그들을 외면할 수 있을까?' 하는 고뇌에 빠졌다. 30세를 맞이하는 젊은 나이였다. 그는 의사가 되어 아프리카로 가기로 결심했다. 대학에서 강의하던 교수가 의과대학에 진학하기 위해 교수직을 사직한 것이다. 대학은 그의 강의가 소중했기 때문에, 교수가 학생이 될 수 없는 것이 규정임에도 야간 의과를 선택하도록 허락했다. 의사 자격시험에 합격하고 교수직을 떠날 때는 자신의 강의실에 햇살이 반짝이는 것을 보고 처음으로 눈물을 삼켰다는 고백을 했다. 그는 뜻을 같이하는 간호사와 결혼하고 재정적 도움도 없이 병원을 세우고 의료 봉사를 시작했다. 그러면서도 윤리학 저서를 남겼고 초창기에는 널판에 오르간 건반을 그려 넣고 연주 연습에도 열중했다.

1952년에는 노벨평화상으로 받은 상금으로 한센 병동을 추가로 세웠다. 마지막으로 유럽에 갔을 때는 레코드 회사들이 그의 파이프 오르간 연주를 녹음했다. 나도 그 연주를 들은 적이 있다. 90을 넘기면서 프랑스의 친구에게 마지막 편지를 보냈다. '이 편지가 도착하기 전에 나는 이 세상에 없을 것 같습니다. 슬퍼하지 마십시오. 60년간 환자들을 위해 바친 것보다 더 보람된 인생은 없을 겁니다'라는 내용이었다.

그의 하나뿐인 따님이 한국에 다녀간 적이 있다. 슈바이처를 애모하는 사람들이 환영 모임을 열었다. 따님은 "아버지는 무에서 유를 만들기 위해 안 한 일이 없다. 잠자는 것을 본 기억이 없을 정도였다"라고 했다.

실용적 가치가 팽배한 시대일수록 인간애의 정신이 아쉬워진다.

내가 늙지 않은 세 가지 방법

예로부터 불가에서는 인생을 생로병사生老病死의 과정이라고 했다. 생과 사는 내가 어떻게 할 수 없는 운명이고 병은 의학에 속한다. 남는 것은 '불로不老'의 문제다. '늙지 않는 삶이 행복이다'라고 해도 좋을 것 같다.

내 친구 안병욱은 80이 되었을 때 늙지 않는 방법 세 가지를 권하곤 했다. 공부하라, 여행을 즐겨라, 열심히 연애하라는 것이다. 맞는 말이라고 생각한다. 나는 안 선생보다 10년이 더 지난 뒤인 90부터 안 선생의 일상적인 가르침을 철학적인 관념으로 보충해보곤 했다.

공부도 정신적인 일이다. 공부하면서 일하고 일하면

서 공부하는 것이 인생이다. 그렇다면 누가 늙지 않는가. 일을 사랑하는 사람이다. 지금은 내 나이 100을 넘었다. 그래도 일하고 싶다. 일이 없으면 사는 재미가 없을 것 같다.

내 주변을 봐도 100세까지 젊게 지내며 행복한 삶을 누린 사람들은 모두가 일을 즐기고 사랑하는 사람들이었다. 게으른 사람이 빨리 늙는다. 일을 사랑하는 사람에게는 일이 안겨주는 축복이 많다. 나는 지금도 "적당한 운동은 건강을 위해서, 건강은 일을 위해서"라고 말한다. 미안하지만 나는 지금 누구보다도 젊게 살고 있다.

여행은 새로운 삶을 위한 호기심과 도전이다. 신체는 늙어가지만 정신은 계속 성숙하기 마련이고 그 성숙이 곧 성장을 동반하기 때문에 젊음을 뒷받침해준다. 나는 교회에서 자랐다. 교회가 나를 젊게 해주었다. 인간적 성장을 주었기 때문이다. 그러나 교회 생활에 안주하면 안 된다. 교리에 붙잡혀 예수가 가르쳐준 진리를 깨닫지 못하거나 신앙적 삶을 교회를 거쳐 사회적 책임으로 발전시키지 못하면 성장에서 오는 젊음을 잃어버린다. 그것을 깨달았기 때문에 신앙을 진리와 역사적 사명으로 받아들이고 한없는 희망과 창조력으로 터득하며 산다. 신앙은 사명감과 더불어 우리를 항상 새로 태어나게 해준다. 참신앙인은 늙을 수 없다.

안 선생에게 그때 했던 이야기가 떠오른다. 내가 "그런데 왜 늙었느냐?" 물었더니 "80이 되니까 연애 상대가 없어졌다"라고 답해서 함께 웃었다. 내 생각은 안 선생과 조금 다르다. 사랑은 죽을 때까지 지속된다고 생각한다. 돈이나 물건, 권력이나 명예를 사랑하는 것은 쉬이 끝날 수 있다. 그러나 예술이나 학문을 사랑하는 열정은 좀처럼 사라지지 않는다.

인간에 대한 사랑은 죽을 때까지 계속된다. 임종을 앞둔 사람의 가장 큰 소원은 가족이나 사랑했던 사람들과의 작별이다. 사랑의 끝이 인생의 종말이기 때문이다. 연인 간의 사랑이 될 수도 있고, 우정이 될 수도 있다. 이웃과 민족을 위한 사랑도 좋다. 그들을 위하는 사랑이 있는 동안은 행복과 젊음이 남는다.

가장 고귀하고 영원한 것을 사랑한 사람은 누구보다도 값진 인생을 산다. '사랑하는 사람은 늙지 않는다'는 진실을 깨닫는다면 좋겠다.

생전에 만난 두 사람

내가 옛날 사람이라는 것을 알려주고 싶어 하는 사람들은 두 가지 예를 든다. 내가 도산 안창호 선생의 강연을 직접 들었고, 윤동주 시인과 한 반에서 공부했다는 사실이다. 그러나 더 큰 사건도 있다. 나는 중학교 2~3학년 때 한국은 물론 세계적으로 알려진 두 외국인 저명 인사의 강연을 들었다.

중학교 2학년 때 일이다. 일본 사회를 비롯해 미국과 서구 기독교계에도 알려진 사회운동가이자 베스트셀러 작가였던 가가와 도요히코賀川豊彦(1888~1960)는 평양 숭실학교 강당에서 강연회를 열었다. 평양의 유지

약 1,500명이 그날 강연을 들었다. 나는 그의 강연 첫 부분을 이렇게 기억한다.

"내가 세계 일주 여행을 떠날 때 조선을 다녀간 친구들이 '평양 모란봉 경치가 훌륭하니까 꼭 들러보라'라고 권고했다. 을밀대를 내려오면서 대동강 변을 걷는데 오른쪽에 한국 정서를 풍기는 기와집이 보였다. 가까이 가니 '평양기생학교'라는 간판이 눈에 들어왔다. 나는 걸음을 멈추고 내 어머니 생각을 했다. 지방 유흥업소에서 일하는 어머니는 기생만도 못한 천한 여자였다. 아버지가 정치를 한답시고 그 지역을 다니다가 한 여자에게서 나를 사생아로 태어나게 했다. 아들이라 집으로 데려다가 키웠는데, 나는 어머니가 누군지 모르고 살아왔다. 10대 후반에 크리스천이 되기 전까지는 그 사실을 지우고 싶었다. 그러나 하나님을 통해 '새로운 나'를 발견한 것이 내 인생을 바꾸었다. 여러분은 우리 어머니처럼 버림받는 여성을 만들지 말아주시기 바란다."

그는 일본의 중국 침략에 반대했고 조선 점령을 비판하여 옥고도 치러야 했다. 그가 쓴 책《사선을 넘어서》3부작은 외국어로 번역되었는가 하면, 그는 국제적으로 일본을 대표하는 크리스천이었다. 태평양전쟁 후에는 일본 왕실의 초청을 받아 일본 노동계를 위한 사회운동 역사를 일왕에게 강의하기도 했다. 나도 대학생 때 몇 차례 더 그의 강연을 들었고 그가 쓴 책의 애독자이기도 했다.

다른 한 사람은 미국의 헬렌 켈러(1880~1968) 여사이다. 그는 태어난 지 19개월 만에 열병으로 시각과 청각을 잃었다. 일곱 살 때 스승인 앤 맨스필드 설리번의 정성 어린 교육을 받기 시작했다. 손바닥에 알파벳을 써가며 글을 배웠고, 선생님의 후두에 손을 얹어 촉각으로 발음을 연습했다. 그 결과 1904년에 래드클리프 대학교를 우등으로 졸업했다. 그 뒤부터 '인간에게 불가능은 없다'는 것을 보여준 기적의 주인공으로 알려지기 시작했고 1914년에는 대통령 훈장을 받았다. 그의 생애가 영화의 주제가 되기도 했으며,《나의 종교》,《헬렌 켈러 자서전》같은 저서를 남겼다. 헬렌 켈러 여사는 세계 일주 여행과 강연을 하면서 평양에 들렀고 우리 학교 채플 시간에 설교도 했다.

그로부터 85년 세월이 지났다. 지금도 나는 주어진
사명을 위한 노력으로는 불가능한 일이 없다고 믿는다.

8

더불어 사는 삶

한국문예학술저작권협회라는 기관이 있다. 누군가의 글을 옮겨 사용하고 싶은데 저자와 직접 연락하기 어려운 경우 그 사용권 계약을 대행해주는 기관이다. 나도 저자로서 그 회원 중 한 사람이다.

나는 비교적 많은 글이 전재되는 편이다. 그중에서 지난 몇 해 동안 예상외로 자주 인용되는 글이 하나 있다. 널리 알려진 우화이면서 내가 간추려 쓴 〈수학이 모르는 지혜〉로 알려진 글이다. 아마 유례가 없을 정도로 많은 독자에게 읽힌 글인 것 같다.

아라비아에 한 상인이 있었다. 늙어서 임종이 가까워

졌다는 것을 감지한 상인은 아들 셋을 불러 모으고 이렇게 유언을 했다. "너희에게 물려줄 재산으로 말 열일곱 마리가 있는데, 내가 죽거든 큰아들은 그 2분의 1을 가져라. 둘째는 열일곱 마리의 3분의 1을 가져라. 그리고 막내는 9분의 1을 차지하라."

부친의 사후에 큰아들은 말 아홉 마리를 갖겠다고 했다. 그 이야기를 들은 두 동생은 그것은 아버지의 유언인 2분의 1을 초과하기 때문에 안 된다고 반대했다. 둘째는 "나는 3분의 1에서 손해를 볼 수는 없으니까 여섯 마리를 가져야 한다"라고 고집했다. 형들의 욕심을 알아챈 막내는 자기도 한 마리로 만족할 수 없으니까 9분의 1은 좀 넘지만 "두 마리를 가질 권리가 있다"라고 주장했다.

며칠을 두고 논쟁하고 싸웠으나 이들의 재산 분쟁은 해결되지 않았다. 아버지가 남겨준 사랑의 유산이 삼형제 사이의 우애를 허물고 대립과 싸움만 일어난 상황이 되었다.

그러던 어느 날, 그 집 앞을 지나가던 한 사제司祭가 나타났다. 먼 길을 떠나왔는데 타고 온 말과 함께 좀 쉬

어갈 수 있겠는지를 요청했다. 손님이 사제였기 때문에 삼형제는 기꺼이 하루를 머물고 가는 대신에 자기네가 겪고 있는 재산 싸움을 해결해달라고 요청했다.

사제는 "그러면 내가 타고 온 말 한 마리를 줄 테니까 열여덟 마리 중에서 첫째는 아홉 마리, 둘째는 여섯 마리, 막내는 두 마리를 가져라"라고 했다. 모두가 원했던 것만큼 가질 수 있게 되었다. 삼형제는 그렇게 하겠다고 수락했다.

다음 날 아침, 삼형제는 각각 아홉 마리, 여섯 마리, 두 마리씩 나누어 가졌는데 말 한 마리가 여전히 남아 있었다. 사제는 "나는 걸어서 떠나겠다"라며 뜰 밖으로 나섰다. 그때 삼형제가 "사제님, 우리가 원하는 대로 가졌는데도 사제께서 타고 온 말이 남았습니다. 먼 길인데 도로 타고 가셔야겠습니다" 하고 말 한 마리를 사제에게 내주었다. 사제는 "나에게도 한 마리를 주니까 감사히 타고 가겠다"면서 작별인사를 했다.

이 이야기가 한국에서 왜 그렇게 많은 독자의 관심을 끌었는지는 잘 모르겠다. 다만, 우리가 '더불어 사는 삶'의 가치를 잃어가고 있기에 많은 사람이 이 이야기의 메시지에 공감한 것이 아닐까 하고 짐작해볼 따름이다. 지금 우리 사회가 원하는 것은 더불어 사는 삶의 지혜와 모범을 보여줄 수 있는 지도자 아니겠는가.

인생에서 바른 선택은 쉽지 않았다

연세대학교 부임 이후 첫 안식년을 맞아 미국의 대학
교에 머물고 있을 때였다. 연세대학교에 새로운 총장
이 부임하게 되었는데 그분이 바로 나의 신앙적 은인
이라는 사실을 알게 되었다. 내가 중학교 1학년 때, 신
앙의 문을 열고 길을 가르쳐준 분이었다. 너무 반갑고
감사해 그 뜻을 전하는 서신을 올리기도 했다.

그런데 대학으로 복귀해보니까 모든 실정이 내 뜻과
일치되지 않았다. 새 총장은 대학 측과 그를 보좌하는
몇 교수의 제안을 받아들여, 내가 기독교 대학의 전통
과 이사회 결정에 반대해왔고 그 방향을 따르지 않은

주동자였다는 견해를 갖고 있었다. 4·19혁명 때 대학에서 해임시킨 교수들을 옹호했다는 사실 때문이었다.

그런 선입관을 갖고 있는 새 총장에게 인사를 드리기도 어색하고 나를 위한 변명을 할 수도 없어 그대로 몇 개월을 지냈다. 대학 분위기는 많이 어수선해지고 있었다. 대부분의 교수가 신임총장을 반대하고, 이사회는 총장의 뜻을 존중히 여기는 분위기였다. 나는 대학 측에서 반기지 않는 위치에 머물렀기 때문에 어떤 발언도 하고 싶지 않았다. 솔직히 말하면 나는 '연세대학교가 기독교 정신 위에 머물러야 하지만 교회적 인습을 그대로 받아들이는 것은 삼가야 한다'는 신념을 갖고 있었다. 나는 대학에서는 교회적 인습 이상의, 국가와 사회를 위한 기독교 정신을 창출해 지켜야 한다고 생각했다.

시간이 지나는 동안에 단과대학의 교수들 사이에서 새 총장의 주장과 행정 방향에 반대하는 기류가 표면화되기 시작했다. 내가 속해 있는 문과대학에서도 총장에 대한 신임보다는 거취 문제까지 언급하게 되었다. 물론 여러 가지 문제가 얽혀 있었다. 결국은 문과대학 교수회의에서도 문제를 삼게 되었고, 입장 표명을 하기에 이르렀다. 긴 토론 끝에 총장이 임기 중이지만 떠나는 것이 대학을 위한 선택이니까, 권고위원을 선출하자고 합의를 보았다. 누가 문과대학을 대표해 총장이 자진 사퇴하기를 권고하느냐는, 약간 분에 넘치는 결정을 내려야 하게 된 것이다. 모두가 학장이나 대학이 신임하는 원로교수 중 한 사람이 선출될 것으로 믿고 있었다. 그런데 뜻밖에도 내가 두 사람 중 하나로 뽑히게 되었다. 그것도 처음에는 나 혼자였는데 내 요청에 따라 한 사람 더 추가하는 방법을 택한 것이다. 나는 끝까지 사양했으나 절대다수의 결정을 벗어날 방법이 없었다.

그런 사정 때문에 나는 신앙의 은인인 총장에게 감사의 뜻보다도 대학을 위해 거취 문제를 결정해주었으면 좋겠다는 문과대학 교수의 뜻을 전달하는 책임을 맡아야 했다. 두 차례 만나 뵈며 측근 교수보다도 대학을 위해 평생을 바쳐온 원로 교수들의 의견도 참작해주기를 제안했다.

그러나 기독교 대학의 정신을 위배하는 사태는 용납

할 수 없다는 그분 나름대로의 신념은 확고했고, 자신이 결정한 인사행정의 비리는 인정하지 않았다. 결국은 그는 대학을 떠나게 되었고 후에 이사진 몇 사람이 법정에 서게 되면서 불미스러운 결과를 남겼다.

그 사건을 계기로 나 자신을 돌아보며 묻게 되었다. 40대 중반의 내가 후학이나 후배들의 질책을 받지 않고 지도자의 품위를 지킬 수 있는가? 양심적인 후학들에게 불명예스러운 모습을 보이지 않을 자신이 있는가? '대학을 위해서'라는 명분을 내세워보지만 내 판단이 언제나 정당할 수 없다는 자책감을 숨길 수 없었다. '누군가가 네 판단이 부분적으로는 옳을지 모르나 긴 안목으로 보았을 때는 더 좋은 선택과 방법도 가능하다는 사실은 왜 몰랐느냐고 묻는다면 어떻게 하는가?' 도 묻지 않을 수 없었다.

그래도 그분이 내 신앙의 은인이었음에는 변화가 없다. 엄연한 사실이었으니까. 그래도 대학인의 한 사람으로서는 그런 상황에서 그때나 지금이나 변함없이 같은 선택을 했을 것이다. 대학은 총장이나 나보다 더 귀중한 존재였으니까. 그래서 인생을 산다는 것이 참 어렵다.

8

사람들의 마음에 새겨진 세 동상

여러 곳으로 여행을 하다 보면 뜻밖의 인상 깊은 감명을 받는 일이 생긴다. 오래전 두세 교수와 함께 LA를 방문한 적이 있었다. 부근에는 리버사이드라는 작은 도시가 있다. 시청 앞 기다란 사각형의 공원이 있는데, 세 동상이 차례로 세워져 있다.

맨 앞은 미국의 흑인 인권운동가로 알려진 마틴 루터 킹 목사의 동상이다. 동상에는 그가 워싱턴에 운집한 청중에게 한 연설에서 따온 '나에게는 꿈이 있다'는 문구가 새겨져 있다.

마틴 루터 킹 목사는 크리스천이 되고 목사직을 맡

231

게 되면서 인간다운 대우를 받지 못하고 있던 흑인들을 위해 생애를 바치기로 결심했다. 그리스도를 대신해 버림받은 사람들의 인권을 되찾아주는 사명이 그에게 주어진 것이다. 그 의무를 감당하다 보면 반대하는 과격분자들에 의해 목숨을 잃게 될지 모른다는 각오를 했던 것이다. 그러나 하나님께서 주신 사명으로서의 꿈을 포기할 수는 없었다. 그래서 성경 역사상 가장 위대한 꿈의 성취자인 요셉의 정신을 지키려 했던 것이다. 요셉은 꿈의 주인공이고 세계 역사의 변혁을 일으킨 구원의 상징이었다.

결국 마틴 루터 킹 목사는 암살을 당했다. 그러나 그의 꿈은 미국의 역사를 바꾸어놓았다. 버락 오바마 같은 흑인 대통령이 탄생했는가 하면 백인 사회에서도 위대한 인물로 존경받고 있다. 많은 미국인이 링컨 대통령 다음가는 존경스러운 미국인으로 그를 꼽는다.

두 번째 동상의 주인공은 한국의 도산 안창호다. 누가 보든지 뜻밖의 인물이다. 도산은 나라를 빼앗기면서 자기가 할 일은 무엇인지 고민했다. 나 자신이 국민을 돕고 이끌어갈 자질을 먼저 갖추어야겠다고 생각했다. 그래서 어려운 여건을 무릅쓰고 선진국인 미국으로 건너가 식견을 넓히고 지도자의 자격을 갖추기 위해 한국을 떠났다. 하지만 당장 발붙일 곳이 없었다. 일자리를 구하기 위해 처음 찾은 곳이 오렌지 농장이 많은 지역이었다. 그는 일급을 받는 노동자가 되었다. 그를 받아들인 농장주는 도산을 점점 신뢰하기 시작했고 세월이 지날수록 도산의 인품을 인정하게 되었다. 다른 근로자들과 달리 남다른 포부와 꿈을 안고 있는 젊은이로 인정한 것이다. 때로는 자신보다도 품격을 갖춘 성실한 인품을 느꼈다. 도산은 오래지 않아 농장을 떠났다. 긴 세월이 지난 뒤 그 도산이 한국의 정신적 지도자가 되어 구국운동의 선각자가 되었다는 소식이 들려왔다.

그래서 도산의 인품을 존경하고 그의 처신에 공감한 지역사회 인사들과 한인회의 추대를 받아 동상을 세우게 된 것이다. 어떻게 보면 도산의 동상을 건립하는 지역 유지들의 뜻이 더 숭고했던 것 같다. 지금 도산은 우리 역사의 정신적 지표가 되었다. 그만큼 많은 국민의 존경과 사랑을 받은 지도자도 없을 것이다. 그것은 그의 높은 인격과 다른 사람에게서는 찾아보기 어려운 애국심의 발로였다. 나도 17세 중학생 때 직접 들은 도산의 강연과 설교를 잊지 못하고 있다. 도산은 어디에 가서 무슨 일을 하든지 주변 사람들의 신뢰와 존경을 받는 인격을 갖추고 있었다.

세 번째 동상은 인도의 간디다. 간디는 좋은 가문에서 태어났다. 그렇다고 특출한 재능이나 유능성을 갖고 있지는 못했다. 그 당시의 인도 젊은이들이 그랬듯이 간디도 영국 유학을 계획하면서, 의사가 되는 것보다는 변호사가 바람직스럽다고 생각했다. 성공만 한다면 가장 빨리 돈도 벌 수 있고 출세할 수 있기 때문이었다. 성실한 성품을 지닌 간디는 영국에서 법학을 공부하고 변호사 자격을 취득했다. 인도에 돌아와서는 영국인의 내왕이 많은 뭄바이에 정착했다. '영국에서 귀국한 신진 변호사 간디 사무소'라는 간판을 달았다. 희망에 부풀어 있었다.

그런데 기대와 달리 원하는 일거리가 생기지 않았다. 경험도 부족했으나 폭넓은 인간관계가 적었다. 그러다가 좋은 기회가 생겼다. 사회적으로 큰 관심을 끄는 사건으로 여러 변호사가 동참하는 재판이었는데, 젊은 변호사도 필요할 것 같다는 요청에 그 합동 변호단의 일원으로 동참하게 된 것이다. 간디에게는 행운의 찬스였다. 많은 연구와 노력을 기울여 변호 연설을 준비하고 변론에 나서기로 했다. 그런데 내성적이고 군중 앞에서 연설한 전력이 없었던 간디는 준비했던 내용의 절반도 발표하지 못하고 더듬거리다가 실패의 고배를 마셨다. 그 충격이 컸다. 무능한 변호사로 낙인찍혔고 자신도 변호사로 성공할 자신이 없다고 판단했다.

실망한 간디는 관선변호사가 되어 아프리카에 가기로 했다. 영국 식민지의 한직으로 밀려난 셈이다. 가족들에게는 아프리카에서 성공하게 되면 합류하자는 뜻을 남겼을 정도였다. 그런데 아프리카에 부임하면서부터 간디는 인간적 대우를 받지 못했다. 기차 객실에서는 변호사임에도 불구하고 백인들로부터 쫓겨났다. 임지 가까이에까지 가서 마차를 탈 때에도 지정받았던 객석에서 밀려나 마부 옆자리로 옮겨 타야 했다. 옆자리에 앉을 수 없다고 백인들이 거부했기 때문이다.

이런 인종적 차별을 계속 받으면서 간디는 변호사의

의무가 어떤 것이며 인권의 존엄성에 대한 사명감이 무엇인지 깨닫게 되었다. 영국 등 선진국에서는 상상할 수도 없는 인종과 인권의 처참한 상황을 발견한 것이다. 그런 사태가 계기가 되어 간디는 가장 용감한 인권변호사의 길로 들어섰고 그 사명을 위해 목숨을 바쳐 투쟁하기 시작했다. 그런 소식이 영국 영토인 아프리카를 넘어 인도 본국에까지 알려지게 되면서 간디는 인도 국민들에게 새롭게 존경받는 지도자로 추앙받으며 귀국하게 된다. 자신의 안일한 인생을 위한 과거의 간디가 아닌 인간의 법적·정신적 보호자와 대변인으로 새 출발을 한 것이다.

간디는 영국의 통치에 대하여 비폭력·불복종·비협력·무저항의 기치를 들고 항영抗英 운동에 앞장섰다. 영국 법정은 여러 차례 간디를 구속 투옥시켰다. 영국법에 따라 처벌을 받을 수는 있으나 인간의 양심과 무고한 인도 국민들의 인권을 위해서는 영국의 범죄를 묵과할 수 없었다. 그는 먼저 단식을 택하곤 했다. 그의 뒤를 따르는 인도의 지도자들과 국민들은 비협력과 비폭력적 저항을 넘어 정의와 인권 운동에 동참했다. 마침내 제2차 세계대전의 종전과 더불어 인도는 독립 국가가 되었으나 힌두교와 이슬람교 신도들의 통합은 이루어지지 못했다. 그 통일국가를 위해 단식을 계속하던 간디는 힌두교의 열성신도가 쏜 흉탄을 맞고 세상을 떠났다. 인도와 파키스탄은 아직도 대립 국가의 운명을 벗어나지 못하고 있다.

세 동상의 주인공들은 이렇게 세상을 떠났다. 한 알의 밀이 땅에 떨어져 죽으면 많은 열매를 맺으나, 한 알 그대로 있으면 열매를 맺지 못한다는 말씀이 있다. 많은 사람은 역사의 강물 속에서 그대로 사라져간다. 그러나 불행과 고통을 받는 사람들을 위해 생애를 바치는 사람은 그를 사랑하는 사람들의 마음에 기념상을 남기게 된다. 시간의 강물에 영원을 남기는 것이다.

젊음, 사랑, 영원 그리고 행복한 눈물

대학 예과 때였다. 서양사를 강의하던 교수가 책을 읽다가 감격을 참을 수 없어 눈물을 흘렸거나 울어본 적이 있느냐고 물었다. 한 학생이 그 당시 대학생들이 많이 읽던 소설의 한 장면을 이야기하면서 울었다고 했다. 사랑하는 두 연인이 기차를 타고 헤어지던 장면을 소개했다. 다른 한 학생은 톨스토이의 《안나 카레니나》를 읽으면서 울었다고 고백했다. 교수는 음악을 감상하다가 울어본 사람은 없을 것 같고, 본인은 역사 공부를 했던 시절이 가장 행복했다고 미소를 지었다. 속으로 나 자신에게 물었다. '너는?' 하고.

톨스토이의 말년 기록을 보면서 왜인지 슬픈 장면이 떠올랐다. 인생의 종말이 가까워졌을 때였다. 겨울이었다. 톨스토이는 정처 없이 집을 나섰다. 그리고 기차를 탔다. 목적이 있었던 것이 아니었기에 시골 한 정거장에서 내렸다. 추위에 갈 곳이 없어 역 안으로 들어가 역장에게 화덕 불을 쪼이게 해달라고 청했다. 늙은 노인이 톨스토이인 것을 본 역장이 화덕 불 옆에 자리를 만들어주었다. 톨스토이는 따뜻한 온기를 쪼이면서 졸음 섞인 잠꼬대 같은 말을 했다. "나는 좀 더 많은 사람을 사랑하고 싶었는데…"라고.

나는 젊어서 톨스토이를 좋아했고 인생의 스승으로 생각했다. 그런 톨스토이가 인생의 마지막까지 방황했다는 고백이 나를 슬프게 했다. 그 고뇌와 슬픔의 공감이 나의 인생을 이끌어주었음을 알고 있으면서도 말이다.

내가 빅토르 위고의 《레미제라블》을 읽은 것은 중학생 여름방학 때였다. 마지막까지 읽은 후에 포플러 나무가 무성한 들길을 걸으면서 어떤 감격에 젖어 있었다. 후에 깨달은 것은 그런 가슴 뛰게 하는 감격이 휴머

니즘의 감동이었다는 것이다. 100세가 된 지금도 같은
감동을 느끼게 하는….

대학생 때였다. 피아노를 전공하는 서 형과 같이 명
화(고전영화)만을 상영하는 영화관에 갔다. 위고의 〈레
미제라블〉을 보고 싶었다. 주인공 장 발장이 인생의 선
과 악의 체험을 다 쌓고 성숙된 장년 후반기에 이르렀
을 때였다. 파리에서 시민전쟁이 벌어졌을 때, 장 발장
이 시민군으로 참여한다. 그 사실을 감지한 자베르라
는 형사가 그를 체포하기 위해 추적해 들어갔다. 체포
되면 장 발장은 사형이 아니더라도 종신형을 벗어나지
못한다. 그때까지 장 발장은 이름도 바꾸고 신분도 숨
겨가면서 살았으나, 처음부터 장 발장의 신원을 잘 아
는 자베르 형사를 시민군이 발견하고, 그를 습격해 무
기를 빼앗고 현장에서 처형해야 한다고 주장했다. 형
사는 자신의 죽음을 각오하고 원한에 찬 시선을 장 발
장에게 쏘아댄다. 그것을 본 장 발장이 주위 시민들에
게 "내가 직접 처형할 테니까 나에게 맡겨달라"라고
간청한다. 승낙을 받은 장 발장은 권총을 자베르 형사
에게 겨냥하면서 앞서서 하수구를 나서라고 명령한다.

사람이 보이지 않는 곳으로 가 죽여버리려는 계획 같았다. 밖으로 나온 장 발장이 천천히 원수인 자베르를 향해 권총을 들었다. 그리고 그 권총을 하늘을 향해 쏘았다. 그러고는 자베르 형사를 향해 "여기를 떠나가라"라고 말한다. 죽음을 각오했던 형사는 넋을 잃고 장 발장을 바라본다. 두 눈이 마주쳤다. 장 발장의 눈빛은 '나는 너를 죽일 수가 없다'는 침묵의 고백을 담고 있었다. 자베르는 말없이 돌아선다. 그 장면을 함께 보던 서 형이 엉엉 소리를 내면서 울었다. 옆 사람들이 모두 놀랐다. 나도 그랬다. 그리고 우리 둘은 말없이 영화관을 나섰다. 나도 서 형 못지않게 감격스러움에 젖어 있었다. 장 발장은 긴 세월 동안 많은 사람과 사랑을 나누었다. 사랑을 체험한 사람은 원수까지도 용서하게 되는 법이다.

지금 나는 바닷가 카페의 아늑한 소파에 앉아 수평선을 바라보고 있다. 멀리 배 한 척이 서서히 나타났다가 왼쪽 산 밑으로 사라져갔다. 생각 없이 오른쪽 책상 위를 보았다. 내 책 두 권이 놓여 있었다. 카페 주인이 준비해놓았던 모양이다. 《영원과 사랑의 대화》가 보였다. 60년 전에 썼던 책이다. 중간에는 내가 어머니와 함께 찍은 사진이 보였다. 어머니와 아들은 사랑으로 맺어진 하나의 존재이다. 어머니가 떠나신 지 26년이 지났다. 그래도 모자 간의 사랑은 사라지지 않는다.

생각 없이 들춰 보았다. 〈신 교수와 M 양의 이야기〉가 눈에 띄었다. 그렇게 부인을 잊지 못하고 사랑했던 신 교수도 세상을 떠난 지 오래다. 월드비전 고아원 시설에서 자랐던 M 양은 아버지의 친구가 소개해준 미국 청년을 찾아 쓸쓸히 한국을 떠났다. M 양은 한국의 따뜻한 사랑은 느껴보지 못했다. M 양은 한국을 잊을 수 없어 은사인 신 교수와 찍은 사진 한 장을 남기고 떠났다.

그 책 속에는 한 구도자의 일기가 실려 있다. 내가 펴낸 책이라는 생각을 버리고 몇 장면을 읽었다. 마지막 장면은 빼놓을 수 없었다. 젊었을 때의 주인공 마음으로 젖어들었다. 슬프기보다는 아름다웠다. 눈물이 흘렀다. 사람은 왜 '영원한 무엇'을 사랑하게 되었을까? 영혼의 갈증을 채울 수 없다는 사실을 잘 알면서도.

이러한 이야기들을 담은 이 책이 그 당시에는 많은 젊은이들의 '눈물의 공감'을 이끌어주었다. 많은 사람이 나에게 고백해왔다. 모든 사랑의 이야기들을 보면, 세상에 남겨두고 주인공들은 영원한 무엇을 찾아 떠나간 것 같다. 사랑은 아름답다. 영원을 사모하는 얼굴은 아름답기에 행복한 눈물이 흐르는 것일까.

우리, 행복합시다